Jardin des colonies

DES MÊMES AUTEURS

Ouvrages de Thomas B. Reverdy

La Montée des eaux, Seuil, 2003.

Le Ciel pour mémoire, Seuil, 2005.

Les Derniers Feux, Seuil, 2008.

Collection irraisonnée de préfaces à des livres fétiches (collectif, direction avec Martin Page), Intervalles, 2009.

L'Envers du monde, Seuil, 2008.

Les Évaporés, Flammarion, 2013 (Grand prix de la SGDL, prix Joseph Kessel) ; J'ai lu, 2015.

Il était une ville, Flammarion, 2015 (prix des Libraires) ; J'ai lu, 2016.

L'hiver du mécontentement, Flammarion, 2018.

Ouvrages de Sylvain Venayre

La Gloire de l'aventure. Genèse d'une mystique moderne. 1850-1940, Aubier, 2002, prix François-Joseph Audiffred 2004 de l'Académie des sciences morales et politiques.

Rêves d'aventures. 1800-1940, La Martinière, 2006.

Cœur des ténèbres (avec Jean-Philippe Stassen), édition commentée et illustrée du texte de Joseph Conrad, Futuropolis/Gallimard, 2006.

(Suite en fin d'ouvrage)

THOMAS B. REVERDY
SYLVAIN VENAYRE

Jardin des colonies

ROMAN

J'AI LU

« Le temps des exploits hardis et aventureux était passé pour tous les deux. »

Joseph CONRAD, *La Folie Almayer*

Dybowski

Je rêvais d'un grand roman d'aventure. Depuis des années, au fil de mes lectures, peut-être depuis mon enfance, des personnages hauts en couleur se partageaient mon imagination. Ils portaient les moustaches d'un autre âge et les chapeaux d'un autre continent. Leur peau tannée par les océans ou les tempêtes de sable, creusée de rides longues et franches, brunie par le soleil, sentait l'ambre sucré ou le musc aux relents de goudron des navires, le cuir de Russie des officiers tout juste descendus de cheval et qui ne sont jamais parmi nous que de passage. Leur regard, toujours légèrement absent, souriait à l'horizon : ils avaient contemplé les beautés d'autres mondes.

Ils avaient dîné à la table des rois, couché dans le lit des putains. Ils connaissaient l'âme humaine, le nom de Dieu dans plusieurs langues et le prix d'une vie dans une bonne douzaine de monnaies. Ils avaient peut-être déjà tué pour se défendre.

Mais ce roman est déjà écrit, ces héros on les connaît. Tant de bruits les accompagnent, tant d'histoires convenues à l'avance, de mots sonores et creux. Ce sont les hardis champions des *ailleurs*, des *lointains*, des *confins*, des *contrées inaccessibles* et *sauvages*, des peuplades *primitives*, des cultes *impies*, des forêts *impénétrables*, des déserts *inexplorés*, ce sont les héros de *l'exotisme* et de *l'étrange*, du *danger*, de *l'inconnu* et du *mystère*. On croirait une publicité pour une infusion.

Ne manque plus qu'une femme à demi nue et un coucher de soleil. Dans les années trente, la littérature populaire était déjà tellement saturée de cet exotisme qu'elle a commencé à envoyer ce genre de héros dans l'espace, sur Vénus ou sur Mars. Impossible d'écrire dans ce brouhaha. Impossible, ou inutile, d'écrire ce genre de roman après Conrad, le grand Joseph Conrad. Je ne crois pas que quelqu'un y soit parvenu après lui, ou alors sous des formes parodiques ou, plus ennuyeux, ironiques.

Il y a pire que cette abondance de récits – après tout on écrit encore des histoires d'amour. Il y a pire et ce sont les discours. Tout ce qu'on croit savoir – et qu'on a dit, sur la France et ses colonies, sur les empires en général, et pas seulement ce qu'on en a dit alors mais peut-être surtout ce qu'on en dit aujourd'hui : que la mission civilisatrice, la grandeur d'un empire républicain, la soif de découvertes, les progrès scientifiques, tout ça c'est de l'hypocrisie, un vernis de bonne conscience pour habiller l'avidité, l'exploitation, le racisme. Un roman d'aventure, aujourd'hui ? L'entreprise n'est pas seulement littérairement impossible, elle est historiquement coupable. Le foutu débat et ses enjeux stupides transforment tout en thèse. Tout devient pour ou contre, comme si cette question avait un sens, chaque choix de personnage, de situation, chaque adjectif est un piège – *Tintin au Congo* se vendra bientôt sous blister. On a tort, quoi qu'on fasse, et la lecture, conspirationniste, finira toujours par nous reprocher quelque chose. Pourtant la dénonciation de l'Empire, ça ne fait pas un roman.

Un roman ce sont des voix, des corps, un espace, des motifs. Il y a bien des choses qui peuvent définir un roman, mais pas une thèse à défendre. Tous les romans à thèse sont bons à jeter.

Les héros que j'avais en tête étaient des voyageurs, des exilés. Ils s'étaient retrouvés loin de chez eux et ils avaient déjà eu peur pour leur sûreté, pour leur vie, peur de mourir *là-bas* et sans espoir ni de retour ni de salut, peur de mourir tout seul surtout, loin des leurs qu'ils ne voyaient plus guère, peur de crever comme un chien, dans la solitude des bêtes et pas même en héros, parce qu'on meurt *là-bas* le plus souvent salement, de dysenterie ou d'une de ces fièvres qui vous font bouillir le cerveau à petit feu comme de la chair de crabe. Et toujours loin, si loin qu'on est tout seul. C'est cela au fond, la mort, c'est quand l'affreuse solitude vous rattrape, avec son masque blanc et sa partie d'échecs, comme dans un film de Bergman. Et toujours loin, si loin de l'héroïsme et des discours. J'avais ces personnages en tête. Des Rimbaud. Des Conrad. Des gamins à la beauté impardonnable et des marins durs à cuire remontant le cours des fleuves comme celui du temps. Des qui n'en avaient rien à fiche non plus, des discours.

Ni militaire, ni militant, ni propriétaire, ni esclavagiste. Un homme, dans la force de l'âge, qui aurait participé à une de ces expéditions, sans remords ni scrupules, mais sans être un salaud non plus. Un anonyme, un sans-grade, au fond un héros d'aujourd'hui. Un simple rouage de son époque. Comme à la nôtre tous ces jeunes gens qui s'expatrient quelques années à Londres, à Singapour ou à Shanghai, qui travaillent dans la finance par manque d'imagination et contribuent sans doute à pas mal d'injustices mondialisées sans qu'on puisse les en tenir pour vraiment responsables. Mon portrait-robot se précisait, mais il lui manquait une identité, un visage réel. Il fallait que je découvre son nom. Un héros presque inconnu, discret, un de ces aventuriers qu'on n'aurait pas encore décrit sous toutes les coutures et qui mériterait cependant qu'on se penche un peu sur lui. Un type à déterrer dans les archives, dont la réalité avérée vaudra tous les blancs-seings de moralité, car aujourd'hui que l'on juge de tout dans l'ordre du discours, il semble bien que la réalité, elle, soit devenue inattaquable, au-delà du bien et du mal.

Je vais livrer ici le fruit de mes recherches et l'avancée de mon travail.

Ce sera le journal de mon grand roman d'aventure.

*
* *

Il s'appelle Jean Thadée.

Il est venu à moi presque par hasard. Il a existé – authentiquement. Il est né à Paris, pour être plus précis à Charonne, ce qui est un signe aussi, sans doute, même si je ne sais pas encore si c'est un bon signe. Charonne signifie des choses bien particulières aujourd'hui, pour ceux qui s'intéressent au passé colonial de la France. Son vrai nom était Jean Thadée Dybowski et sa date de naissance, 1856. Il venait d'une famille de la noblesse polonaise.

Son père avait émigré en France à la suite de la répression du mouvement libéral par les Russes. C'est presque trop beau. Conrad avait pour vrai nom Joseph Conrad Korzeniowski et il était né en 1857 d'un père aristocrate qui lui aussi avait été la victime de l'occupation de la Pologne par les Russes. L'oncle de Conrad, qui l'avait élevé du côté de Cracovie, s'appelait Thadée. J'aime les hasards de cette sorte, quand tout converge comme une coïncidence et nous oblige.

Conrad a voyagé au Congo belge en 1890 et Thadée au Congo français l'année suivante. Ils ont tous les deux commencé à publier à peu près au même moment. L'année où Conrad écrit *Cœur des ténèbres*, Thadée est nommé directeur du Jardin colonial de Nogent. Je pourrais faire une vraie biographie croisée, si ça m'amusait, un exercice de vies parallèles. Sur les photographies de l'époque, Jean et Joseph ont des petites barbiches qui se ressemblent. La coupe en brosse de Jean trahit peut-être une raideur morale que n'exprime pas la mèche de Joseph.

Thadée a voyagé dans le sud de l'Algérie. Il a voulu traverser le Sahara. Il a remonté le Congo et l'Oubangui. Il est allé au Gabon, à Tunis, ailleurs encore et aussi à Chicago au moment de la Grande Exposition universelle américaine, quand on croyait que l'électricité suffirait à assurer l'avenir de l'humanité et que des hommes de bonne volonté, venus du monde entier, inventaient l'idée si bizarre d'un Parlement des religions. Et tout cela à la fin du XIXe siècle, à la basse époque des explorations, quand il n'y avait plus beaucoup de terres à découvrir, quand le nom de Stanley servait surtout à vendre des costumes et des chapeaux pour des entreprises de prêt-à-porter. Jean Thadée Dybowski, dit Jean Thadée, dit Thadée : c'est mon homme.

Les artichauts

Il a beaucoup écrit. Je n'ai eu aucun mal à me procurer un certain nombre de ses livres. Sous son nom de Jean Dybowski – ou Dybowsky, on n'était pas encore très à cheval sur l'orthographe des noms propres en ce temps-là – il a publié plusieurs récits de ses voyages : *L'Extrême Sud algérien*, en 1892 ; *La Route du Tchad*, en 1893 ; *Le Congo français : de Loango à Brazzaville*, en 1898. Il faut croire qu'il y avait un public pour ce genre de récits. Ils sont pourtant un peu pénibles à lire et je crois que c'était déjà le cas au moment de leur parution. Détailler les étapes d'un voyage, dans toute l'innocence feinte d'une chronologie, en ne s'attardant que sur les phénomènes susceptibles d'interprétations savantes, le plus souvent botaniques, j'ai du mal à croire que cela pouvait passionner beaucoup de lecteurs. D'ailleurs, aucun des livres de Thadée n'a été réédité – sauf *La Route du Tchad*, mais très tardivement, lorsque les récits de ce genre ne pouvaient plus intéresser que des historiens.

Quant à ses autres ouvrages, je ne sais pas quoi en penser. Qui rêverait d'entrer en littérature avec un *Traité de culture potagère* (1885) ? Et ce *Guide du jardinage* (1889), ces *Jardins d'essais coloniaux* (1897), ce *Traité pratique de cultures tropicales* (1910) ? Je cherchais des aventures et je trouve des légumes. Ça me rappelle le *Tartarin de Tarascon* d'Alphonse Daudet, qui était parti en Algérie chasser des lions et qui ne trouvait que des artichauts. Ou encore Ernst Jünger, qui s'était engagé dans la Légion étrangère française pour vivre des aventures en Afrique du Nord et qui, lui aussi, s'était retrouvé au milieu de champs d'artichauts. Je recopie ceci dans un des livres de Thadée (on est décidément très loin de Conrad) :

> Tout produit, avant d'avoir été obtenu par la culture, a été à l'origine utilisé par l'homme tel qu'on le trouvait à l'état sauvage. [...] Chacun sait que l'artichaut qui croît à l'état sauvage, dans le nord de l'Afrique, donne des capitules épineux que les Arabes consomment. Reprise par la culture, cette plante a fourni l'artichaut cultivé. En Algérie et en Tunisie, l'asperge sauvage est consommée. La culture s'est emparée d'une de ses espèces et, en la perfectionnant, l'a

amenée au degré de développement que nous lui voyons prendre de nos jours. Nos choux, nos salades, notre cresson, nos betteraves, etc., etc., ont tous commencé par être des plantes sauvages. Ce sont les soins culturaux qui les ont à tel point transformés que, reniant leur origine primitive, ils ne rappellent presque plus leur parenté avec la forme sauvage.

Je me demande si les lecteurs de Thadée faisaient l'analogie avec les guerres de conquête. Après tout, ils étaient assez nombreux, en ce temps-là, à penser que les peuples vaincus étaient des peuples sauvages (c'est même pour cela qu'ils avaient été vaincus). Comme les artichauts et les asperges, ces peuples allaient être cultivés, eux aussi, et transformés du même coup, perfectionnés comme il dit, accédant à une dignité nouvelle. La civilisation est le nom que l'on donnait à cette forme particulière d'agriculture, où les individus remplacent les plantes.

Pour les contemporains de Thadée, c'était d'ailleurs une loi des nations. On leur répétait que la France moderne procédait de la très ancienne défaite de Vercingétorix, quand l'armée romaine avait apporté à la Gaule chevelue et barbare les bienfaits de la civilisation. Certains pouvaient bien protester qu'on n'achète pas la liberté avec des aqueducs, les faits étaient là : la France était devenue une des puissances du monde parce qu'elle avait eu le bonheur d'être colonisée. Cette leçon, on la répétait aux peuples soumis : « nos ancêtres les Gaulois », ces vieilles tribus enjouées et vaillantes, mais querelleuses, il fallait les révérer comme des modèles en cela surtout qu'elles avaient été battues par plus fort et plus intelligent qu'elles. C'était donc avec une certaine modestie sournoise que la République française prétendait jouer maintenant, sur des territoires terriblement lointains, le rôle exact que l'Empire romain avait naguère tenu chez elle.

Ainsi mon héros est-il un ingénieur agronome, un botaniste, une espèce de jardinier. Il a sans doute eu du tempérament, parce qu'il se retrouve à la tête d'une expédition, sur les traces de la mission Crampel. Il lui arrive alors des histoires presque incroyables. Il en parle peu dans ses livres, réservant son enthousiasme pour décrire des dattiers remarquables et des cacaoyers à haut rendement. Une fois pourtant, il a dû préparer un affrontement armé, se mettre à la tête de ses tirailleurs sénégalais, marcher rapidement dans les hautes herbes et les marais bourbeux pendant une heure et demie, ramper prudemment à l'approche du camp ennemi, utiliser enfin son fusil et se lancer à la baïonnette, faisant onze morts, rendant la liberté, dit-il, à deux esclaves enchaînés. C'était au pays des N'Gapous, sur la route de l'Oubangui. Il raconte comment lui, Jean Thadée Dybowski, a dû juger trois prisonniers qui, quelques mois auparavant, avaient participé au massacre de la mission Crampel, comment il était impossible de les garder avec eux pour leur longue marche et comment il a dû les condamner à mort et les faire exécuter. Les exécutions lui répugnent, précise-t-il, mais « ce n'est pas le moment de faire de la sensibilité ». Je cite encore Thadée, dont les idées ne me semblent plus tout à fait, à cet instant, les idées d'un jardinier :

> Ces gens-là n'ont eu aucune pitié de nos camarades, et si nous ne nous montrons pas impitoyables dans la répression de leurs crimes, ils les renouvelleront. Il faut qu'eux et les indigènes apprennent que tout attentat contre les Blancs est puni rigoureusement.

Il dit aussi que, un quart d'heure plus tard, lorsqu'il a envoyé des porteurs procéder à l'ensevelissement des fusillés, ceux-ci n'ont plus trouvé que des os. « Les indigènes les ont dépecés et mangés. » Thadée encore : « Manger leur ennemi paraît tout naturel, et ils ne comprennent rien à nos reproches. » Dans son récit de voyage en direction du lac Tchad, il parle à plusieurs reprises des peuples anthropophages qu'il a rencontrés.

Ça l'a surpris, sans doute, et intéressé aussi. Mais, au fond, ces combats au milieu des cannibales lui importaient moins que les artichauts, les asperges, les dattiers et toutes ces plantes qui, si on savait les cultiver, pourraient rendre le monde meilleur.

Une colère sans objet

Avant ces recherches, avant la rencontre inopinée de Thadée, je ne m'étais pas intéressé plus que ça à notre histoire coloniale. J'ai soixante ans. Je n'ai pratiquement pas connu le temps de l'Empire colonial et, sans doute un peu paresseusement, j'ai dû juger que cela ne me concernait pas. Certains vieux que j'ai rencontrés et qui avaient passé entre quelques années et une partie de leur vie à Alger ou à Ségou racontaient cette expérience professionnelle exactement comme n'importe quel cadre sup expatrié d'aujourd'hui. Peut-être étaient-ils même légèrement plus nostalgiques, plus émus et plus respectueux, lorsqu'ils en parlaient, que les expatriés d'aujourd'hui. Il me semble que ceux-là se contentent, le plus souvent, de vivre entre eux et de ne presque rien apprendre du pays où ils ne font que séjourner, dont ils ne connaissent que les bars branchés, les terrasses d'hôtels de luxe et les boîtes de nuit, comme des touristes de longue haleine. Peut-être que c'est une question d'âge, aussi.

Depuis le temps de mon enfance, et même avant, les voyages ne sont plus un rêve. Je prends l'avion quatre ou cinq fois par an, le plus souvent vers des villes que je connais déjà. Les résidences d'écrivains ne sont pas si nombreuses. À part d'infimes variations de climat, de lumière, je suis partout chez moi. Ce n'est pas tout à fait vrai, les gens parlent des langues étranges parfois et ils peuvent manger des trucs vraiment bizarres, mais enfin je ne suis jamais totalement *ailleurs*. Je suis sur Terre. Une planète connue, quadrillée, uniforme, où les aéroports fournissent le modèle de l'urbanisme global – gestion des flux, commerces, sécurité. Partout les mêmes produits, les mêmes marques. Il n'y a guère que la nature qui change encore d'une région à l'autre, mais comme les aéroports et les hôtels sont en ville, je dois bien admettre que je ne connais pas tellement d'autre nature que celle d'ici.

Mon voyage le plus aventureux, je crois bien que c'était une marche, une randonnée d'une dizaine de jours à travers la lande irlandaise, que j'avais entreprise avec des amis lorsque j'avais vingt ans. Nous n'avions croisé presque personne, et c'était cela le miracle, d'être enfin seuls, avec nos ampoules aux pieds, notre viande séchée et nos pastilles à l'ozone pour purifier l'eau des gourdes, enfin seuls, sur une terre où ça n'arrive plus. Seuls et prêts à vivre comme une aventure le simple fait de rencontrer quelqu'un.

J'aurais sûrement aimé faire du bateau.

Hier, il y a eu un nouvel attentat. On a tiré sur une foule. Un homme seul, dans la trentaine, au moment où d'autres fondent une famille, est descendu d'un véhicule qu'on n'a pas encore retrouvé et a tiré dans la foule qui se promenait sur les quais d'une ville de province à l'aide d'un fusil automatique avant de se faire lui-même exploser, causant quelques victimes supplémentaires à la terrasse d'un café voisin. Effroi et sidération partout, comme une onde de choc, un souffle glacé qui passe sur les nuques.

C'est la cinquième fois en deux ans. Plus, si l'on compte les attentats qui touchent aussi nos voisins européens. Infiniment plus, en agrégeant ceux-là à la masse des attentats qui se produisent ailleurs. J'aurais pu y être et j'aurais pu connaître quelqu'un, ça pourrait arriver à n'importe qui. Un homme tient dans ses bras le corps ensanglanté de sa très jeune fille, à la une des journaux du matin, et la mort souffle un vent glacé sur toutes les nuques. Cependant on rentre la tête dans les épaules, on fait le dos rond et on repart au boulot, que faire d'autre ?

Les experts parlent et parleront pendant des jours sur les chaînes de télévision. Ils disent des choses qui paraissent éclairantes ou stupides, mais qui n'expliquent rien de ce crime-là, parce qu'il n'y a que lors de son procès qu'un crime s'explique et que son auteur rend des comptes. Je ne crois pas qu'un crime s'explique par des théories, même brillantes. D'une certaine manière, ce sont les analyses géopolitiques et les réactions guerrières des dirigeants politiques qui donnent une justification aux attentats. Autrement ils demeureraient barbares et insensés. Le fait que le suicide fasse partie de la méthode devrait en être la preuve.

Contrairement à ce qu'on croit, on n'a pas vraiment peur, mais on est en colère. Seulement, on ne sait pas bien contre qui.

Sans auteur, pas de procès, et sans procès, pas de sens.

On est face à une sorte de catastrophe météorologique. Une peur rétrospective, une colère sans objet.

Les archives du Tchad

Grâce à un ami historien, j'ai pu consulter les papiers que Thadée a envoyés à différentes administrations et qui sont conservés aujourd'hui aux Archives nationales. Voilà un lieu bien étonnant, tout neuf d'ailleurs, maintenant qu'il a été transporté dans la proche banlieue de Paris, à Pierrefitte. On peut y trouver, soigneusement classés, numérotés et rangés, des dossiers et des dossiers appartenant à tous les ministères qu'il est possible d'imaginer. Ce que j'ai trouvé de plus intéressant sur Thadée a été rassemblé sous le numéro 2959D de la série F17 – et cet ensemble de chiffres et de lettres donne une petite idée de la forme que prendra la trace que certains d'entre nous finirons par laisser sur terre. C'est en ce lieu précis de la topographie des Archives nationales françaises, sous l'aspect d'un carton un peu triste et jaune, que sont stockées trois liasses de papiers provenant des formalités auxquelles Thadée a dû se soumettre pour pouvoir partir, dans le sud algérien d'abord puis vers le Congo et l'Oubangui.

Son voyage en direction du Tchad est celui qui a fait sa renommée. C'est dans le cours de cette exploration que Thadée a combattu et aussi, pour la seule fois de sa vie, en tant que chef d'expédition, qu'il a condamné plusieurs hommes à mort. Les liasses des archives permettent de comprendre ce qui s'est passé et qui est au fond assez simple. Thadée – la mission Dybowski, devrais-je dire – a été envoyé là-bas en soutien à une mission précédente, dirigée par un certain Crampel (un bellâtre vaniteux et inconséquent, si j'en crois le jugement d'Henri Duveyrier, qui avait été le premier *explorateur* français de cette région du monde). Mais, après l'assassinat de Crampel et de ses hommes, Thadée a été en quelque sorte investi d'une autre responsabilité : retrouver les meurtriers et organiser les représailles. C'est ce qui s'est passé au pays des N'Gapous, sur la route de l'Oubangui. En tout cas, c'est ce qu'on a dit à l'époque.

Car le carton 2959D de la série F17 contient aussi des articles découpés dans des journaux au sujet de la « mission Dybowski ». Avec simplicité, certains sont titrés « La mission Crampel vengée » (car la vengeance était, hier comme aujourd'hui, un mobile géopolitique très acceptable). Thadée y figure comme un héros. On raconte son retour à Paris en chemin de fer, son arrivée à la gare d'Orléans, la glorieuse réception qu'on lui fit. Il y avait là, sur le quai, un sénateur, un général, des membres du conseil municipal de Paris, le secrétaire du Comité de l'Afrique centrale, des représentants de la Société de géographie et de la Société de géographie commerciale, des professeurs du Muséum d'histoire naturelle, le secrétaire du Comité de l'Afrique centrale, un haut fonctionnaire du sous-secrétariat aux Colonies. Et aussi un homme qui n'était pas n'importe qui : le député Eugène Étienne. À l'Assemblée nationale, celui-là présidait un groupe d'élus qui s'appelaient entre eux le « parti colonial ». Toute une époque.

Je ne trouve pas de photographies de Thadée dans le carton jaune des archives. Mais certains articles de journaux le décrivent au retour de son voyage : un homme âgé de trente-cinq ans, mince, élancé, l'allure pleine de distinction, la barbe d'un blond roux, taillée en pointe, les traits amaigris, les yeux caves, creusés par la fièvre qui l'avait contraint à revenir en métropole plus tôt que prévu. De toute sa personnalité, dit-on, se dégageait un fort courant sympathique. Dès la descente du train, Thadée s'est jeté dans les bras d'une de ses sœurs et dans ceux de son frère, professeur au lycée Louis-le-Grand.

La grande affaire de ce retour, c'était l'exécution des assassins de Crampel. On donnait le nom de l'un d'entre eux, un laptot qui avait participé à la mission avant d'ourdir le complot contre les Français, un traître qui s'appelait Ischekkad. Thadée a rapporté le crâne d'Ischekkad à Paris, en même temps que le crâne des deux autres hommes qu'il avait fait exécuter : trois crânes tout luisants et, pour ainsi dire, comme neufs. Dans ses bagages, Thadée rapportait aussi les objets que ces hommes avaient sur eux au moment de leur mort, notamment des plumes à écrire en roseau, de différentes tailles – « semblables à celles qui garnissent les nécessaires de nos écoliers », dit un journaliste – et aussi la planche à Coran à l'aide de laquelle ils faisaient leurs prières.

En matière de patriotisme, on ne faisait pas les choses à moitié. Je lis dans *La Petite République* que le résultat immédiat de la mission Dybowski a été la mainmise par la France, « sans violence et sans réserves », sur un territoire immense qui s'étend entre le 12e et le 20e de longitude est, entre notre colonie du Congo et les provinces limitrophes du lac Tchad. D'autres articles mentionnent que Thadée a signé de nombreux traités au cours de son exploration, exactement comme Brazza, lui-même imitant Stanley, l'avait fait quinze ans plus tôt. Bientôt, écrit un journaliste, « le "continent noir" aura livré ses secrets et le drapeau de la France, planté par ces hardis pionniers, assurera sur ces régions à notre pays une domination et une suprématie incontestée ».

Je vois que certains se sont enthousiasmés de ce que durant plus de quinze mois Thadée avait dû renoncer au pain et au vin : « On se rend difficilement compte d'une semblable privation, quand on n'a pas passé par de telles épreuves. » Ni pain ni vin pendant plus d'un an : l'âge d'or des explorations géographiques était aussi celui de ce genre d'exploits. Les féroces voyageurs retour des pays chauds étaient de vrais héros de roman. Je lis cette exclamation de Gaston Stiegler, presque naïve, dans un des articles conservés dans le carton jaune : « Imitons donc nos ancêtres les Gaulois qui entouraient en foule les étrangers et les forçaient à conter, bon gré mal gré, les péripéties de leurs courses errantes et leurs interminables pérégrinations. » La vieille Gaule d'avant Jules César formait bien le décor de l'expansion coloniale française du XIXe siècle, la toile de fond qui donnait du sens à ce théâtre extraordinaire.

Je connais Gaston Stiegler. Huit ans après avoir signé son article à la gloire de Thadée, il partira battre pour le compte d'un journal quelconque le record de Phileas Fogg en effectuant le tour du monde en soixante-trois jours. À son retour, lui aussi sera entouré en foule par tous ceux qui voudront l'entendre faire le récit de ses exploits.

Et pourtant tout cela fait contraste avec les lettres manuscrites de Thadée, que j'ai entre les mains et qui donnent une idée du personnage et aussi du genre de démarches d'ordre administratif sans lesquelles les *hardis explorateurs* glorifiés par la presse populaire n'auraient jamais existé. Celle-ci date du 21 janvier 1891. Thadée, qui est encore à Paris, l'adresse au ministre de l'Instruction publique, dont il espère obtenir une partie du financement de sa mission :

> Je viens aujourd'hui, Monsieur le Ministre, vous demander de m'accorder une subvention afin de m'aider dans l'accomplissement d'un nouveau voyage dont les conséquences scientifiques peuvent être considérables. J'ai le projet d'aborder l'Afrique par le Congo et d'essayer d'atteindre les régions inexplorées du lac Tchad.
>
> Tous les professeurs du Muséum d'histoire naturelle que j'ai consultés s'accordent à reconnaître l'intérêt scientifique qui s'attache à un

semblable voyage accompli dans des régions où l'influence française doit pénétrer et sur lesquelles nous ne possédons pas encore les moindres renseignements d'ethnographie et d'histoire naturelle.

La durée d'un semblable voyage sera d'environ deux années et une somme d'environ cent cinquante mille francs est nécessaire à sa réalisation, mais dès aujourd'hui, je suis assuré du concours de généreux donateurs et de diverses administrations.

Je prends la liberté de vous demander de vouloir bien m'accorder une somme de dix mille francs. [...]

Maintenant celle-ci, datée du 18 octobre de la même année et adressée au même ministre. Thadée l'envoie depuis le Haut-Oubangui où il est enfin parvenu :

Monsieur le Ministre,

Vous avez bien voulu, au début de cette année, me charger de conduire une exploration scientifique en Afrique centrale. Avant de rompre pour un laps de temps dont je ne puis prévoir la durée avec tous les moyens de communication, je crois de mon devoir de vous rendre compte de ce que j'ai pu faire jusqu'à ce jour.

Renseigné par plusieurs professeurs du Muséum d'histoire naturelle sur la pénurie de documents scientifiques concernant le Congo français, j'ai commencé mes travaux dès Loango, mon point de débarquement, et je les ai continués sans relâche.

J'ai étudié le pays avec détails et j'ai pu, grâce à mes ressources, constituer de nombreuses et très sérieuses collections botaniques, zoologiques et ethnographiques.

Elles comptent déjà 2 440 pièces. Tous les objets d'un transport plus facile ont été expédiés au ministère de l'Instruction publique avec indications spéciales désignant les divers laboratoires où l'étude doit en être faite.

Ces objets sont renfermés dans vingt-neuf caisses.

Bien que, Monsieur le Ministre, vous m'ayez laissé la libre disposition de ces objets, mon intention formelle est d'abandonner à l'État la collection la plus complète. Cependant, je vous serais infiniment reconnaissant de permettre qu'ils restent dans les divers laboratoires et ne soient exposés dans les musées qu'après que, lors de mon retour, j'aurai pu les faire figurer dans une exposition générale que je me propose de faire de tous les travaux de la mission. […]

Il enverra comme prévu ces vingt-neuf caisses contenant deux mille quatre cent quarante pièces. À son retour à Paris, il fera cette exposition imaginée le long de l'Oubangui. Dans la première vitrine, on aura rangé les crânes des assassins de Crampel et de ses hommes. On précisera que ces crânes ne sont pas là comme des trophées macabres, ce serait indigne de l'œuvre civilisatrice française, mais plutôt comme des documents ethnographiques. (Ce qui me paraît un peu curieux, car les trois crânes devaient tout de même être très endommagés par les balles des fusils Kropatschek qui les avaient traversés.) Thadée parlera aussi un peu de l'anthropophagie, de ces repas de chair humaine où, un jour, on l'aurait invité pour le remercier d'avoir guéri un homme (il a refusé). Mais pour lui l'essentiel sera dans ces alignements de vitrines où l'on aura entassé, classés par genres, des instruments de musique, des pipes, des chopes, des hachettes, des armes, des boucliers, des couteaux, des sagaies, des flèches, des tissus, des perles, des parures, des incisives en ivoire, des maquettes, des figurines, des photographies, des aquarelles, des herbiers, des poissons, des reptiles, des insectes, des papillons, des mollusques, des champignons, des plantes, des mammifères, des oiseaux – et aussi bien sûr, c'était le plus important à ses yeux, un très grand nombre de ces matières qu'on dit « premières ».

En récompense de ses services, Thadée reçoit la croix d'officier du Mérite agricole. Certains s'en amusent, jugeant que le jeune explorateur est de la race des conquérants et qu'on ne décore pas les conquérants du Mérite agricole. Au contraire, je commence à le connaître et il me semble que rien ne pouvait davantage lui faire plaisir que cette décoration.

Drôle d'époque

« C'est une drôle d'époque. » J'ai entendu ça à la radio ce matin. Quelqu'un disait : « J'ai peur pour mes enfants, j'ai peur qu'ils vivent dans un monde moins sûr, où le terrorisme s'installe durablement. Dans les années cinquante, Nicolas Bouvier pouvait traverser la Perse et le Caucase, l'Afghanistan, l'Ouzbekistan, le Pakistan, jusqu'en Inde, avec une deux-chevaux, un appareil photo et sa carte de visite. Il y a déjà tout un tas de pays où j'ai pu voyager moi-même, et où mes enfants n'iront plus. Le monde est en train de devenir plus petit et plus dangereux. Aujourd'hui, vous osez à peine vous rendre au Caire. Le tourisme a baissé de 40 % dans des pays stables et apparemment tranquilles comme le Maroc, et c'est pire en Tunisie. Ce n'était pas censé se passer comme ça. C'est une drôle d'époque. » Peut-être que c'est le genre de phrases qu'on peut écrire à toutes les époques.

Pourtant il me semble que mon enfance n'était pas non plus une période sûre. On entassait des bombes nucléaires dans des silos, on faisait des essais de tirs dans le désert algérien et, plus tard, on a continué sur les atolls du Pacifique, comme si on s'entraînait vraiment à raser des villes entières de la carte. À Chicago l'horloge de l'apocalypse avançait tranquillement jusqu'à minuit moins quelques minutes. Ce n'était pas beaucoup plus rassurant. Mais – comment dire ? – c'était plus lisible. Les mineurs anglais recevaient le soutien financier du Parti communiste français, qui prenait ses ordres de Moscou. En Allemagne et en Italie, les brigades rouges théorisaient l'assassinat politique. Il y avait des camps, des idéologies, des doctrines. Chacun pouvait espérer gagner et, dans le fond, tout le monde voulait éviter le pire.

Enfin, il me semble. Je n'ai jamais eu la tête très politique.

Hier donc, un homme a tiré dans la foule avant de se faire exploser. C'était sur les quais d'une petite ville, le genre d'endroits réhabilités avec de la verdure et des guinguettes, dans un quartier de jolies filles et de touristes. Ce n'était pas pour faire plus de morts, qu'il a actionné sa bombe : effrayés par les tirs, le sang, les cadavres, les gens s'écartaient de lui en hurlant et en se bousculant lorsque sa ceinture d'explosifs a éclaté. C'était simplement une forme perverse de suicide, le suicide faisait partie de la méthode. Pas de gain. Pas de demande à satisfaire. Depuis les attentats du 11-Septembre, c'est comme une déclaration de guerre sans objectif. Il n'y a aucune volonté de bâtir quoi que ce soit, aucune revendication sérieuse. Ce n'est même pas une question de point de vue. Al-Qaïda, Boko Haram, Daech et les autres, ils ont au moins ça en commun : en se déclarant ennemis du monde entier, ces dingues n'espèrent rien. Leur guerre entière est un suicide.

Je me demande qui il est. Depuis le début des attentats en Europe, on n'a réussi à en prendre vivant qu'un seul, et son procès mettra sans doute deux ou trois ans à pouvoir se tenir. C'est le procès dont on devrait attendre enfin de connaître le sens de tout cela, mais le plus probable c'est qu'il ne dira rien. Au fond il n'a rien à dire, à nous apprendre. Il n'a sans doute pensé à rien qu'à des phrases qui n'étaient pas de lui, qui ne faisaient que résonner dans sa tête creuse. Il n'a sans doute rien ressenti, le cerveau brutalement submergé d'adrénaline. Un zombie, comme dans les films de ces dernières années, tout droit sorti de l'enfer ou de notre apocalypse.

Un type sans joie, sans imagination, sans légèreté, sans aucun sens du symbolique, sans goût pour la fiction, sans amour du temps qui passe, sans aucun sens de l'humour, sans don particulier, sans talent, sans la moindre capacité à s'émerveiller, sans aucun sens de la beauté du monde, un type sans intérêt.

Un déjà-mort.

L'étudiant

Le même ami qui m'a permis de consulter les Archives nationales vient de me mettre en contact avec un de ses étudiants, « jeune homme brillant » paraît-il, afin qu'il me fasse visiter le jardin de Nogent. Ce « jardin colonial », administré par Thadée au début du XXe siècle, est à peu près la seule chose qui reste de lui, avec ses livres et le carton jaune des archives. Aujourd'hui rebaptisé en « Jardin d'agronomie tropicale », il occupe toujours une parcelle relativement importante et pourtant très méconnue du bois de Vincennes.

Nous nous sommes donné rendez-vous à la porte Dorée. Mon jeune guide m'a dit au téléphone que nous aurions ainsi « l'occasion de remonter le temps à pied, au gré de la promenade, ce qui convient assez bien à la vocation d'un jardin » – un peu lyrique mais pourquoi pas ? Le palais de la Porte Dorée, construit à l'occasion de l'Exposition coloniale de 1931, à l'époque où il s'appelait le Palais permanent des Colonies, nous fournira donc notre porte d'entrée vers l'histoire de l'Empire.

Aujourd'hui, à en croire le plan donné par mon téléphone, il n'y a plus là-bas qu'un aquarium, assez modeste au demeurant, du moins si on le compare à ce qui se fait par ailleurs à Dubaï, à Shanghai, Monterey ou Atlanta. Mais c'est le seul aquarium parisien avec celui du Trocadéro. C'est aussi et surtout la seule exposition dans ce bâtiment qui soit demeurée véritablement permanente depuis ses origines. Pour le reste, le palais abrite aujourd'hui le Musée de l'histoire de l'immigration, après avoir été successivement, sous différentes appellations, d'autres musées. Seuls les poissons ou leurs descendants – si tant est que les poissons se reproduisent en aquarium – n'ont donc pour ainsi dire pas changé.

Mon jeune étudiant, en retard, égraine par textos le nom des stations de métro qui le rapprochent du point de rendez-vous où il n'est pas, dans un effort pathétique pour mimer l'urgence et la précipitation – en tout cas pas la politesse. Je profite de ces quelques moments seul pour faire le tour du bâtiment.

De grandes affiches annoncent sur la façade du palais une exposition temporaire sur le thème « immigration et football », visitée ce matin-là essentiellement par des classes de collégiens ou de lycéens dont l'allure – métissée, banlieusarde et pauvre, pour aller vite – me laisse songeur. Le progrès des consciences, depuis 1931, aurait donc consisté à mettre en scène la réussite des immigrés par le sport-spectacle aux lieux mêmes où l'on célébrait naguère l'Empire colonial. À l'avantage de cette démagogie molle et toute contemporaine, je dois bien reconnaître qu'au moins, elle ne fait pas polémique. On n'intente pas de procès à la bêtise.

*

* *

Ayant fini par apparaître, surgissant de la bouche du métro comme un diable de sa boîte, imitant l'essoufflement comme s'il avait couru bien plus que sur les dix derniers mètres, mon guide d'un jour se présente en même temps que ses plus plates excuses, à quoi je réponds par un sourire froid et poli. Il avait été convenu à l'avance que c'était lui qui me reconnaîtrait, et de fait il aurait sans doute du mal à se décrire lui-même. En voici un qui n'a pas grand-chose du héros d'aventure. À presque trente ans et proche de terminer sa thèse, il ressemble encore à ce que les Américains appellent un *teenager* : tee-shirt rouge affreusement vif orné d'un slogan stupide à propos de pingouins et de végétarisme, baskets assorties en plastique, touffe de cheveux ébouriffés et maigreur d'androgyne. Un sac informe sur l'épaule. Assez d'éducation pour me servir du « Bonjour monsieur », mais pas assez pour être à l'heure.

Nous faisons connaissance en longeant le bâtiment vers l'ouest, jusqu'à ce qu'il me désigne, d'un geste théâtral, comme étant le point de départ de notre visite, ce qu'il appelle le « panthéon de l'Outre-mer » : gravée sur un pan de la façade, établie par la France reconnaissante, la liste de ceux de « ses fils qui ont étendu l'empire de son génie et fait aimer son nom au-delà des mers ».

« C'est le *wall of fame* de l'Empire.

— C'est d'époque ? Je veux dire, ils l'ont conçu avec le palais ?

— Quelle autre époque aurait pu dresser cette liste ? Hubert Lyautey n'y figure pas, car il faut être mort pour entrer dans la mémoire de la patrie et, en 1931, le vieux maréchal était encore bien vivant, il était même le commissaire général de l'exposition. C'était le cas aussi de l'héroïque commandant Marchand qui a eu droit à son propre monument, de l'autre côté du bâtiment, peu après sa mort, trois ans plus tard. À ces deux exceptions près, la liste prétend être complète. Prenez le temps de la lire un peu, pour rire. »

Établie selon l'ordre chronologique, elle se termine de façon assez prévisible : Jules Ferry, dont la carrière politique avait été brisée à la suite de l'expédition du Tonkin ; Ferdinand de Lesseps, le « grand Français » perceur de canaux qui, en 1870, avait épousé une femme de quarante-trois ans sa cadette, à laquelle il avait fait douze enfants, puis, en 1892, aurait pu être englouti dans l'Histoire, lors du scandale de Panama ; Charles Mangin, l'ancien subordonné du capitaine Marchand, devenu le théoricien de la *force noire*, mort seulement six ans plus tôt et qui, pour cette raison, clôturait la liste glorieuse, constituée par la IIIe République, des bons génies de l'Empire. Avec le recul, on pouvait toujours se dire qu'elle n'était pas si glorieuse, mais il était difficile d'en imaginer une autre en 1931.

C'est en la remontant qu'on pouvait en effet se prendre à sourire. La République avait été magnanime. Dans un geste altruiste, elle se réconciliait avec tous les régimes qui l'avaient précédée. Elle honorait

Louis Eugène Cavaignac, l'organisateur des fusillades des journées de juin 1848, pendant lesquelles plusieurs milliers d'ouvriers parisiens trouvèrent la mort, pour avoir exprimé trop d'impatience vis-à-vis des promesses fraternelles de la révolution de février ; le duc d'Aumale, qui aurait dû hériter, à la mort de son père Louis-Philippe Ier, du titre farfelu de roi des Français ; le maréchal de Bourmont, chouan convaincu qui prit part à la bataille de Waterloo d'autant plus victorieusement qu'il y combattit aux côtés des Anglais ; Charles-Maurice de Talleyrand, l'évêque qui, après avoir présidé aux cérémonies de la fête de la Fédération, le 14 juillet 1790, trahit avec une grande constance tous les régimes qui naquirent des soubresauts de la grande Révolution. Mon étudiant s'échauffait en me faisant la visite. Il s'agaçait en relevant les incohérences de la liste, qui ne faisaient selon lui qu'en accuser le cynisme. La présence de Victor Schœlcher, héros véritable de la lutte contre l'esclavage, au milieu de tant de héros qui n'en étaient pas, le mettait hors de lui.

« Tous absous ! Honorés au même titre que les plus grands républicains. Tous rachetés pour avoir étendu l'empire du génie de la France et, ainsi qu'on voulait le croire, fait aimer son nom au-delà des mers. Quelle blague n'est-ce pas ? Même à l'époque, ce panthéon aurait dû être un repoussoir. Il n'y a même pas de femme, à l'exception d'Anne-Marie Javouhey, fondatrice des Sœurs de Saint-Joseph de Cluny, premier ordre français de femmes missionnaires, dont son plus illustre admirateur, le roi des Français, disait qu'elle était un *grand homme*. Sans rire, il n'y a rien à sauver.

— Il y a quelques ancêtres illustres, tout de même. Tous ne sont pas des salauds de colonisateurs, non ? Il y a les grands navigateurs, les découvreurs, les pirates, les chevaliers, il y a Bougainville, Surcouf, Cavelier de La Salle, Montcalm, Jacques Cœur, Renaud de Châtillon.

— Ah oui, bien ! Et lisez jusqu'au bout, surtout ! C'est qui, le premier nom, la tutelle, le père fondateur ? Tout en haut à gauche, le premier nom de la liste.

— Godefroi de Bouillon.

— Lui-même. Humble pionnier de l'idée coloniale, ainsi qu'on le comprend, mort à la fin du XIe siècle, peu de temps après avoir refusé de ceindre la couronne de roi de Jérusalem. Un putain de croisé !

— Euh… si vous le dites.

— Il n'y a pas à le dire autrement. Et sans déconner, de voir ça aujourd'hui, sans autre explication, c'est carrément criminel. Je ne parle pas de nous, là, mais vous imaginez, un des jeunes qui visitent l'expo sur le football, qui fait comme nous le tour du bâtiment, qui regarde ce bout de façade et se demande, tiens, ça leur venait d'où, cette idée de coloniser le pays de mes ancêtres, de telle sorte que je me retrouve, moi, aujourd'hui, dans cette banlieue pourrie, avec des parents au chômage et un prof imbécile qui me fait visiter des conneries sur l'immigration, parce qu'il sait bien que je ne m'en sortirai jamais, pas avec trois millions de chômeurs et cinquante-cinq millions de racistes...

— Enfin, on ne peut pas dire ça...

— Vous l'imaginez ce gamin, n'est-ce pas ? Eh bien imaginez sa réaction lorsqu'il découvre que, conformément à tout ce qu'il croit savoir de pire sur le complot blanc, le premier colon, le modèle, c'est un croisé.

— Mais c'était en 1931.

— Oui mais aujourd'hui on a besoin de l'expliquer pour aujourd'hui. Ça ne suffit pas de dire : c'est en 1931, parce que personne ne sait plus trop ce que ça veut dire, vivre en 1931. Vous, vous savez peut-être, mais vous êtes un écrivain blanc, un nanti, un membre de l'élite, si ça se trouve vous êtes même franc-maçon.

— Dites donc, vous exagérez un peu, là. Je ne vous permets pas. »

Il souriait en coin.

« Et les mecs qui se font exploser au milieu de la foule, un peu partout en Europe, en ce moment, ils exagèrent un peu, aussi. Mais si on ne leur oppose pas un discours très clair, ils auront beau jeu de ne pas vous croire. Moi, je crois qu'on devrait réaménager un peu tout ça. »

La terreur

Les experts disent : la terreur est le but et l'objet de ces attentats. La terreur est une sidération par la peur d'une population qui se retrouve incapable de penser ou d'agir. Tout le monde sait qu'un animal qui a peur devient mauvais. Tout le monde sait qu'une mouche peut tout casser, si elle se met à bourdonner dans l'oreille d'un éléphant.

Les experts disent qu'il s'agit d'une stratégie.

Ils désignent un ennemi. Nos dirigeants parlent de guerre. Ils ne font pas qu'en parler : nous faisons la guerre, dans tout un tas d'endroits que la plupart des collégiens français auraient bien du mal à placer précisément sur une carte, contre tout un tas d'organisations ou de gouvernements qui avaient été nos alliés d'une manière ou d'une autre, dans d'autres guerres, au cours des trente dernières années. Des porte-avions font mouvement, des missiles, des bombes, des drones aussi sans doute, des satellites et des espions recueillent des renseignements, des commandos nouent des contacts avec des factions armées, auxquelles nous parachutons des caisses d'armement, de munitions par milliers, des instructeurs, des ingénieurs, des informations circulent et des régions entières s'embrasent durablement.

Pourtant même le fait de dire « nous » pose problème, on parle de coalition. « Nous les Européens », cela devrait englober la Russie, mais « nous les Occidentaux », c'est avec les États-Unis, et nous n'avons les mêmes alliances ni les mêmes intérêts ni avec les Russes, ni avec les Américains. Il y a aussi « nous les francophones », « nous les latino-chrétiens » et « nous les Méditerranéens », et tous ces « nous » ont leurs justifications, et tous ces « nous » ont leurs contradictions. Il y a « nous, les gens », et ceux-là on leur demande d'écouter gentiment, de hocher la tête comme s'ils avaient compris. Je ne suis pas sûr d'être dans un seul de ces « nous ». Aucun de nous n'est dans ces « nous ».

Les experts nous racontent la géopolitique et les guerres du pétrole.

Ils nous rappellent la guerre froide et ses héritages, ils nous enseignent les nuances de la politique internationale. On se souvient avec étonnement de l'amitié de Giscard pour le shah d'Iran, du général Kadhafi dans le bureau de Pompidou, puis de l'ayatollah Khomeiny en exil à Neauphle-le-Château, et encore du président Chirac, seul chef d'État occidental aux obsèques de Hafez el-Assad, ou de son successeur Nicolas Sarkozy se réconciliant avec son fils Bachar sur le conseil de son ami et sponsor qatari al-Thani – qui aurait peut-être même bien payé son divorce, je l'ai lu dans le journal.

Les experts nous expliquent des subtilités théologiques. On découvre grâce à eux des mots comme « wahhabite », que je n'aurais certainement pas eu le droit de prononcer devant mes parents, quand j'étais petit.

Ils nous apprennent que le mal vient de plus loin, de conflits, de passions anciennes. À partir de là, les experts se disputent.

Soit l'origine du mal provient d'un antagonisme originel, c'est le choc des civilisations.

Soit l'origine du mal provient d'une faute originelle, c'est le fruit de la colonisation et de l'hégémonie occidentale.

Dualité zoroastrienne contre culpabilité judéo-chrétienne : décidément, le mal vient de plus loin.

Mais les experts n'expertisent pas que la situation globale, ils s'intéressent aux conditions d'émergence du phénomène, là où il apparaît, en Europe, en France, en banlieue ou sur Internet. En plus des stratèges en herbe, il faut compter avec les psychiatres et les sociologues, et les plateaux de télévision ressemblent à des reconstitutions de séries américaines. On y parle de *crimes de masse*, de *loups solitaires* et de *terrorisme global*. Les anglicismes nous envahissent aussi sûrement que la terreur se propage.

Si le profil des jeunes qui partent mourir en Syrie ne diffère pas fondamentalement de ceux qui partaient mourir d'overdose dans les sous-sols des Halles au début des années quatre-vingt, je peux légitimement me poser la question : les *djihadistes* sont-ils des punks ?

Et puis un nouvel attentat comme celui d'hier, à la voiture-bélier, au couteau de cuisine, à la hachette, dans un wagon de train, aux caisses d'un supermarché, dans une boîte de nuit, et pendant quelques heures tout le monde se tait comme surpris par la foudre. Un vent glacé souffle sur les nuques. Le soir même au journal de vingt heures, le Premier ministre parle de guerre. Il dit aussi qu'il faut éviter les amalgames, ce qui est une façon de dire, « la guerre en Syrie, pas chez nous », mais nous sommes coincés : c'est au nom de la guerre en Syrie qu'on prétend tuer chez nous.

Un nouvel attentat, et c'est un grand frisson qui parcourt le monde. Il y en a même qui pleurent, des gens comme nous, qui ne sont pas touchés directement mais qui pensent à des images de guerre, il y a des gens qui ont peur.

Je me demande combien de temps s'écoulera avant que je connaisse quelqu'un qui. La France est un si petit pays.

Le palais persistant

Sur la place, en face du palais des Colonies, la statue de la France porte un casque gaulois. Elle est toute dorée, très jolie, et regarde vers le centre de Paris. Dans sa main droite, elle tient une longue lance, sans doute plus majestueuse qu'inquiétante, en tout cas c'est l'effet que cela produit. Sur sa main gauche ouverte, une petite Victoire ailée déverse généreusement, on ne sait où, sa corne d'abondance. La force armée a permis la prospérité sur les territoires de l'Empire. C'est cela que la statue dit. Une sorte de paix française, comme donnant la main, à travers les siècles, à la *Pax romana*.

Au fond, on voyait les choses en 1931 exactement comme Montesquieu les avait décrites au milieu du XVIIIe siècle : « La fonction du commerce est de préparer à la paix. » Si la France était capable d'organiser les échanges entre les peuples de l'Empire, il n'y aurait pas de guerre. Cependant le théorème de Montesquieu était devenu au XIXe siècle un syllogisme pervers. Car pour que la France pût organiser les échanges, il avait fallu, préalablement, la conquête armée – c'était bien ce que signifiait la lance, dans la main droite de la statue. Montesquieu avait fourni la majeure : le commerce prépare la paix. La politique de conquête coloniale avait ajouté la mineure : la guerre prépare le commerce. En sorte que la conclusion du syllogisme moderne était aussi vieille que l'histoire de l'humanité : la guerre prépare la paix. Amen.

Mais que diable vient faire ici ce casque gaulois ?

« Elle devrait être tournée vers le bois plutôt que vers Paris.

— Pardon ?

— La statue, monsieur, elle devrait regarder vers le bois. C'est là-bas que se trouvent les vestiges les plus éloquents du passé colonial français. »

Et de m'expliquer que, en 1931, la statue se trouvait sur les marches mêmes du palais des Colonies, regardant vers le sud. Les visiteurs, en montant les escaliers, passaient sous son ombre. On l'a déplacée beaucoup plus tard pour la mettre au centre de la place, où, par-delà deux rangées de palmiers, elle regarde désormais vers Paris.

« Et puis, c'est stupide, ces palmiers. Que veut-on dire avec des palmiers ? Que là où il y a des palmiers, il est logique de trouver une administration coloniale ? Que la colonisation, ça n'a jamais concerné que des pays chauds ?

— Mais vous voyez le mal partout, vous. Vous seriez sûrement le premier à crier également au mépris si, au contraire, on avait célébré l'Empire avec une allée de platanes. Vous auriez dit : comme si la colonisation, ça ne concernait pas des pays chauds !

— Ça n'est pas ainsi que ça se passe.

— Admettons. Notez que la statue, on la voit peut-être mieux ici, au milieu de la place.

— Alors ça, j'en doute. À mon avis, les automobilistes qui la contournent n'y font pas attention. Des statues qui ressemblent à celle-là, il y en a sur tout le territoire. Qui se souvient, en allant travailler le matin, qu'elle est la plus grande de toutes celles que la France coloniale a jamais élevées à sa propre gloire ? »

Je ne lui pose pas la question qui me brûle les lèvres au sujet du casque gaulois.

Nous traversons l'avenue et il se calme un peu en me décrivant les fastes de l'Exposition de 1931, pour laquelle on a érigé cette statue et construit le palais des Colonies. Il me parle des trente-deux millions de tickets vendus – « plus de deux ans de fréquentation à Eurodisney, non mais vous vous rendez compte ? ». Il me raconte les bâtiments provisoires que l'on avait installés dans le bois de Vincennes, la reproduction du temple d'Angkor – le *clou* de l'exposition – et aussi le pavillon du Togo et celui du Cameroun.

« C'était important à l'époque, voyez-vous, le Togo et le Cameroun. C'étaient les deux acquisitions les plus récentes de la France, des prises de guerre obtenues de l'Allemagne après la victoire de 1918. Les gens en étaient très fiers. D'ailleurs, alors qu'on a démonté le faux temple d'Angkor, on a conservé jusqu'à aujourd'hui les pavillons du Togo et du Cameroun. Ils sont encore debout, de l'autre côté du lac Daumesnil. Ils sont devenus un centre bouddhiste.

— Sans rire, un centre bouddhiste ?

— Mais oui, avec un énorme Bouddha à l'intérieur. Je ne pense pas que nous aurons le temps d'y passer. Mais allez voir ça un de ces jours, monsieur. Un grand Bouddha dans une reconstitution de bâtiment togolo-camerounais, conservé de l'Exposition coloniale de 1931 par seul désir d'humilier l'Allemagne, ça vaut le coup d'œil. Ça vous donnera une petite idée du bordel mémoriel au milieu duquel nous vivons. »

Je l'écoute distraitement cependant qu'il disserte sur les fastes de l'Exposition. C'est une histoire que je connais déjà bien – lui aussi, d'ailleurs, je dois l'admettre. Je songe aux deux mille deux cent quarante objets dont Thadée était si fier, depuis son poste du Haut-Oubangui, en écrivant au ministre de l'Instruction publique. Rêve s'il en fut jamais. Où sont-ils aujourd'hui, ces objets ? J'imagine les instruments de musique, les pipes, les chopes, les hachettes, les armes, les boucliers, les sagaies, les flèches, les perles, les parures, les couteaux entreposés au musée du Trocadéro, puis dans le palais des Colonies, lorsque celui-ci est devenu le musée des Arts africains et océaniens. Aujourd'hui, ils sont sûrement au Musée du quai Branly. Les herbiers, les papillons, les champignons, les insectes, les mollusques, les reptiles, les poissons et autres animaux empaillés sont sans doute encore quelque part au Muséum d'histoire naturelle, à qui Thadée les avait promis. Mais les matières premières, où sont-elles ?

Et les crânes du traître Ischekkad et de ses deux compagnons ? Eux aussi avaient probablement rejoint le musée d'ethnographie du Trocadéro. À la fin des années trente, ils ont dû passer dans les réserves du musée de l'Homme, lorsque celui-ci a été créé. Et maintenant ? Ont-ils rejoint les collections d'anthropologie physique du Muséum d'histoire naturelle ? Les a-t-on jetés ? Sont-ils dans le nouveau musée de l'Homme ? Quelqu'un serait-il capable de les identifier avec la même certitude sereine avec laquelle on reconnaît encore le crâne de René Descartes ou celui de Sarah Baartman ?

Mon guide tente de m'intéresser à la façade du palais des Colonies, l'actuel Musée de l'immigration. Il a l'air de bien connaître l'architecte, un ami du maréchal Lyautey qui l'avait rencontré au Maroc – Lyautey l'avait d'ailleurs chargé de construire également le pavillon marocain à l'Exposition de 1931 : un vaste espace aux murs blancs, centré sur plusieurs bassins rectangulaires, évoquant la somptueuse demeure qu'aurait pu se faire construire, dans un style présumé marocain, un quelconque Topaze enrichi par le prodigieux développement économique que connaissait le protectorat. De ce pavillon, comme de tous les autres, il ne reste rien : seulement des photographies aux couleurs sépia, toujours malhonnêtement émouvantes.

Le palais des Colonies, lui, est toujours là. Il devait représenter, résumer, réduire toutes les possessions françaises. Pour l'imaginer, l'architecte s'est inspiré de cette Antiquité grecque dans laquelle l'Europe aime à se reconnaître : des chapiteaux ioniques, que ne surmonte aucun fronton ; un péristyle. Dans le péristyle, d'immenses bas-reliefs du genre Art déco, ou quelque chose comme ça. Des noms de villes en lettres capitales, des noms de pays. Des travailleurs des champs, des femmes dévêtues aux belles poitrines, des paysans courbés coiffés de chapeaux coniques. Partout des fruits fabuleux, des animaux sauvages. Un lion rugit quelque part du côté du Soudan, effrayant une antilope. Un hippopotame bâille dans son marigot. Un tigre se tapit sous les feuillages comme dans une toile du Douanier Rousseau. *Hic sunt leones*, cependant ce ne sont plus des dangers qui sont figurés ici mais les figures familières du *Livre de la jungle* de Walt Disney. Le chaos apparent du monde colonial s'ordonne de part et d'autre de deux couples d'éléphants. À droite sur le bâtiment, les grandes oreilles signalent l'Afrique ; à gauche, les petites indiquent l'Asie. À droite, la fresque semble toute en obliques et en mouvements exubérants ; à gauche, des lignes horizontales imposent un certain calme que redoublent des images de temples. L'exubérance et la sérénité : l'Afrique et l'Asie, donc, vues d'Europe. Les éléphants regardent vers le centre, où trône en majesté la mère Patrie entourée de toutes ses vertus – l'abondance, la paix, la liberté.

Avec une belle candeur, les bas-reliefs donnent à voir « les apports économiques des colonies à la France ». On y contemple la récolte du caoutchouc. On y lit çà et là les noms de ces matières premières qui obsédaient tant Thadée : bois, vigne, canne à sucre, phosphates, cacao, coton, soie.

La seule chose qui fit polémique à l'époque, ce sont les caravelles qui demeurent là, fendant les mers minuscules de ce monde en modèle réduit, aussi majestueuses qu'anachroniques, incompréhensibles. Le sculpteur voulait-il ignorer qu'en 1931 le commerce de tous ces produits se faisait dorénavant grâce à la vapeur et, de plus en plus, au mazout ? Ou s'agissait-il d'ancrer le présent colonial dans le passé des découvertes ?

Mon guide a son idée.

« Après tout, qu'est-ce que les Cortés et les Pizarro ont fait d'autre, en Amérique du Sud, que de détruire, exterminer, asservir, exploiter ? C'est même en grande partie l'extinction des Amérindiens qui fut à l'origine de la traite négrière. L'avidité de l'Homme blanc ne date pas d'hier.

— De l'extermination des Indiens d'Amérique à la traite atlantique, puis la colonisation, et à présent la guerre économique : vous avouerez qu'il y a eu au moins quelques progrès dans la méthode.

— Vous ne respectez rien.

— Allons, souriez donc, on ne peut pas faire toute cette visite sur un ton aussi grave. »

En 1931, ce bâtiment s'appelait le Palais permanent des Colonies. Sous ce nom, il n'a pas duré. On l'avait nommé ainsi par opposition au caractère saisonnier de l'Exposition. J'ai néanmoins l'impression que, de la même façon que l'ordre végétal se partage entre les feuilles caduques et les feuilles persistantes, une farce similaire s'est jouée ici, singeant la nature. Sans doute la caducité de l'Exposition a-t-elle suivi – de quelques décennies tout de même – le démontage des constructions de carton-pâte qui l'avait abritée ; mais, dans le dur, au fond, ça vit encore. Parler de Palais permanent des Colonies n'avait été entre les deux guerres qu'une petite maladresse d'expression. Il aurait fallu le nommer le Palais persistant des Colonies.

Le respect n'est pas une valeur

C'est vrai que je ne respecte rien.

Cela n'a rien à voir avec ce jeune homme, d'ailleurs, il est un peu exalté mais il n'est pas si bête et je suis sûr que nous pourrions nous entendre. C'est le fait d'être écrivain. Le respect est une servilité que je ne peux pas me permettre.

Personne ne devrait.

J'ai entendu un prof, à midi, à la radio. Il tentait d'expliquer pourquoi ce n'était pas si facile d'organiser une minute de silence à chaque fois qu'il y avait un attentat. Il doit y en avoir une, demain à onze heures. Et il s'empêtrait, le pauvre, il était coincé dans son argumentation, on n'en voyait plus le bout, ou plutôt on craignait à chaque instant d'en découvrir le bout, car cela ne pouvait être que de la bêtise – de la bêtise déguisée avec les habits du respect. Je n'en croyais pas mes oreilles. Il donnait l'air de glisser, il dérapait. Il avait commencé sur le thème de « vous savez, moi, je suis prof de sciences physiques, pas d'éducation civique. En plus, je ne suis même pas fonctionnaire, je suis contractuel. En tant que simple citoyen... » Oui, mais en tant que prof ? Le journaliste avait fait bonne pioche, on tenait un balourd, bravo ! S'il se mettait à dire de grosses bêtises à l'antenne, les imbéciles de la droite dure pourraient s'en donner à cœur joie. Puis il expliquait bravement que c'était délicat, pour un enseignant qui avait construit, avec ses élèves, une relation de confiance et de respect mutuel, de leur imposer brutalement une lecture univoque des événements. Une « lecture univoque des événements ! » – Quoi ? Celle qui dit que tuer, c'est mal ? Là, même le journaliste a failli s'étrangler. Mais non, on l'avait mal compris, Einstein ne parlait pas de l'attentat qui venait d'avoir lieu, seulement des moments qui, par le passé, avaient posé problème : Ben Laden et le 11-Septembre, *Charlie Hebdo* et les caricatures du prophète. « Parce que, vous comprenez, on ne peut pas laisser dire qu'ils l'avaient bien cherché, et en même temps on ne doit pas oublier que pour beaucoup de nos élèves, en banlieue, les caricatures, c'était un blasphème. » J'étais sidéré.

« Et toi, abruti, tu n'es pas justement là pour leur expliquer qu'on n'en a rien à faire, que blasphémer c'est mon droit le plus strict, que respecter ce n'est pas craindre et que penser ce n'est pas croire ? »

Le journaliste ne l'a pas dit.

J'ai éteint la radio.

Parmi toutes les formes de respect, celle qu'impose la religion est parmi les plus bêtes et les plus pernicieuses. Elle suppose évidemment une forme de supériorité du sacré sur le profane, mais elle ne le dit pas comme ça, en tout cas pas en France. Elle prétend respecter les croyances des gens, non parce que ce sont des croyances, mais parce que ce sont des gens. Il n'y a rien de plus faux. On ne doit aucun respect aux croyances, aux coutumes, aux cultures, aux idées, en fait on ne doit même aucun respect aux gens.

J'ai fait des recherches. D'après Nadine de Rothschild, qui s'y connaît en matière de savoir-vivre, on n'en doit donner qu'à certaines personnes, dans des contextes particuliers.

« Respect » vient du latin *respectus* (*spectus* : voir, considérer ; et *re-* : en arrière, de nouveau). Il s'agit de considérer ce qu'on sait de la vie d'une personne et qui justifie qu'on lui porte un intérêt particulier. Par extension, le mot désigne la considération, l'estime qu'on porte à quelqu'un du fait de son rang, de son titre, de sa valeur, de son sexe. Le respect est une forme de politesse, ni plus ni moins.

Il rend compte, dans la société, d'une notion hiérarchique de rang qui « imposerait » le respect, et n'existe plus guère que dans l'armée – « mes respects, mon colonel » – ou encore il est la simple considération de la « valeur » d'un individu, de la supériorité que je lui reconnais dans un domaine où il se serait particulièrement illustré – et qui alors « inspire » le respect. On retrouve le respect comme marque de politesse dans la mention du sexe comme motif de respect – « présenter ses respects à une dame », comme dans la plupart des formules de politesse qui attestent ce sens.

Non seulement je ne dois pas du respect à n'importe qui, mais cela ne marche pas dans les deux sens. Et pourtant, nous sommes tous égaux. On voit bien comment ce paradoxe apparent s'est résolu par un glissement de sens insensé – croyez-moi, le combat pour le sens des mots est toujours perdu. Il suffisait de transformer le respect en valeur universelle.

Kant s'est demandé sérieusement si le respect était universalisable et sous quelles conditions – on peut toujours compter sur les philosophes pour se poser ce genre de questions. Il est arrivé à la conclusion que, si tel était le cas, le terme ne saurait renvoyer qu'au respect de la personne humaine et de la raison universelle. Kant fait du respect une obligation morale, dans la *Métaphysique des mœurs*, au nom de l'universalité de la raison. Concernant les personnes « qui sont dans l'erreur ou dont le raisonnement est vicieux », le respect le plus élémentaire consiste donc pour le philosophe à leur faire reconnaître leur erreur et à les en corriger.

Vive Emmanuel Kant !

Mais il semble qu'on n'ait pas lu sa conclusion. Seulement le fait que le respect est devenu une obligation universelle et réciproque. Presque une valeur.

Le terme refait surface et s'impose finalement aux États-Unis, bien plus tard, sur fond de revendications raciales. Il accompagne la montée du hip-hop comme fer de lance du mouvement afro-américain, pour qui le terme *respect* a servi de label, de titre de chanson, de nom de magazine. Il est alors associé dans un syntagme, *respect our culture* – qui reste la devise du magazine de rap *US Respect* et dans laquelle « respect » n'est pas le seul mot à poser problème. Il est, dans ce contexte, une arme, une rhétorique, un lobbying à lui tout seul. Avec lui, toutes les idées, toutes les croyances se valent *a priori*, le respect mutuel qu'elles se doivent gèle toute forme de débat. Tu penses ci, je pense ça, restons-en là. À la limite, il devient agressif. « Je te respecte donc respecte-moi » cache toujours une menace du type « attention, si tu ne me respectes pas, moi non plus – et je te pète la gueule ».

On peut comprendre tout ça dans le cadre d'une lutte : aux États-Unis, la queue de comète du combat pour les droits civiques. Cependant l'expression fait florès et traverse l'Atlantique, homonymie aidant. Le respect se généralise au cours des années deux mille en France, où il passe les frontières de la culture populaire pour se retrouver dans toutes sortes de discours politiques ou officiels, notamment concernant l'éducation – et la diversité. Mais conformément à sa vocation lobbyiste américaine, au lieu d'ouvrir un dialogue, il le ferme.

C'est nous qui avons fait ça. Avec notre bonne volonté, nos idées larges. Notre goût insincère pour la différence ne cherchait aucune dialectique, aucun débat, rien qui fâche, ce n'était qu'un goût pour le confort. Il n'a servi qu'à faire vivre les gens les uns à côté des autres, en aveugle les uns des autres, indifférents, égaux et indifférents. Einstein, à la radio, n'a pas du tout envie de se frotter à autre chose qu'à ses cours de physique, et tout le reste lui paraît compliqué, tellement compliqué. Alors, il ne dit pas « je baisse les bras devant l'inculture et les faux raisonnements de mes élèves », il dit « je les respecte ».

Le respect est devenu le refuge hypocrite de l'absence de débat, le triomphe d'un silence honteux rapidement confondu avec le consensus.

Pourtant, le respect n'est pas une valeur. Je ne respecte pas la religion. À la limite, je peux respecter les hommes qui croient ou pas, mais la religion, je la tolère simplement. Je ne reconnais pas son autorité à décider de ce qui est bien ou mal. Je la tolère, parce que j'ai une certaine tolérance au poison.

Mon jeune historien devrait comprendre cela. « L'histoire, qui est le juge du monde, a pour premier devoir de perdre le respect », écrivait Michelet.

Le signe Marchand

Nous traversons l'avenue. De l'autre côté du palais des Colonies – je veux dire : de l'autre côté du Musée de l'histoire de l'immigration – il y a un monument à la mission Marchand et mon guide veut absolument m'en parler. Pourquoi pas ? Marchand avait à peu près le même âge que Thadée et tous les deux ont voyagé au Congo et dans l'Oubangui. L'année où Thadée a créé le Jardin d'essais de Nogent, Marchand devenait immensément célèbre en France. Cela dit, je n'en sais pas beaucoup plus. De Marchand je ne connais guère que l'épisode de Fachoda. Qui était-il, Marchand, avant Fachoda ?

« C'était un "Africain". On les appelait comme ça. Plus précisément, c'était un "Soudanais". Il combattait au sud du Sahara. En 1890, Marchand a fait partie de la colonne Archinard, qui a pris la ville de Ségou.

— *Prendre une ville* : tout de même, c'est une drôle d'expression pour un drôle de désir. Dans *Les Conquérants*, Malraux dit que son héros Garine rêve de prendre une ville, ça m'a toujours semblé un peu triste. Prendre une ville, on dirait… je ne sais pas…

— On dirait un viol, monsieur. Dites-le parce que c'est exactement ça. D'ailleurs les "Soudanais" ne faisaient pas exception à la règle, ils se partageaient volontiers les femmes des vaincus. Je ne sais pas pour la prise de Ségou mais c'est avéré pour celle de Nioro, quelques mois plus tard. Les officiers blancs se sont servis les premiers, en commençant par les plus gradés. Archinard lui-même, qui commandait la colonne, a choisi pour lui cinq femmes parmi les épouses du chef toucouleur Ahmadou Tall.

— Marchand était dans le coup ?

— Je ne sais plus. Il était à Ségou, oui, mais pour Nioro je ne sais plus.

— Mais qu'est-ce que les commandements militaires français disaient de ces prises de femmes ?

— Ah, mais les "Soudanais" s'en fichaient pas mal des commandements militaires français. Ils étaient si loin. Archinard n'avait même pas reçu l'ordre de prendre Ségou. Il a décidé cela tout seul avec son état-major, sans en référer à aucun commandement. On peut toujours dire qu'il était difficile de contacter les commandements, là-bas, sous ce soleil infernal. Mais je crois que ce n'était pas la seule raison. Bien plus vraisemblablement, certains officiers supérieurs espéraient que la guerre d'Afrique leur permettrait de vivre une vie fabuleuse, dans le genre de celle d'Alexandre le Grand.

— Il y en avait beaucoup, de ces officiers supérieurs ?

— Haha. Il y en avait surtout beaucoup moins que des soldats africains ! Vous savez que sur les trois mille six cents hommes de la colonne qui a pris Ségou, il n'y avait que cinquante Français ? Tous les autres étaient originaires d'Afrique de l'Ouest. On peut toujours dire que la France a conquis un grand empire en Afrique. En réalité, c'étaient souvent des Africains qui effectuaient cette conquête pour le compte de la France.

— Oh, vous allez me refaire le coup d'*Indigènes*, là, je vous vois venir. La prise de Ségou par Jamel et Roschdy Zem.

— C'est tout de même la réalité, ne vous en déplaise. »

Je réfléchis à Ségou, où je ne suis jamais allé, par certains côtés ça ne doit pas être tellement différent d'ici. C'est une ville, c'est-à-dire quelque chose qui a l'air désordonné, construit de bric et de broc, progressivement, au gré des vagues de richesse et de pauvreté, des modes aussi, quelque chose de dépareillé – mais au fond plein de sens. On veut la prendre mais ça parle, une ville. Ceux qui l'ont construite, générations après générations, en ont fait ce que nous avons sous les yeux, à Paris ou à Ségou, une sorte de système de signes qui raconte le monde et lui donne du sens – à coup d'immeubles, de noms de rues et de places, de monuments, de statues, de couleurs, de règles de vie en commun. Prendre une ville, c'est refuser tout ce sens, toute cette langue des hommes, des pierres et des bâtiments, interrompre le long discours que les habitants du lieu ont tenu à travers les siècles. Prendre une ville, c'est couper la parole.

Cela n'a peut-être rien à voir mais je demande :

« Qui a eu l'idée d'installer le Musée de l'histoire de l'immigration dans le bâtiment du palais des Colonies ?

— C'est un hasard.

— Vous plaisantez ?

— Pas du tout, c'est un hasard. À la suite de la création du Musée du quai Branly et de la réorganisation à venir du musée de l'Homme, le bâtiment était libre au moment où les promoteurs du Musée de l'histoire de l'immigration cherchaient un lieu d'accueil.

— Et personne n'a trouvé bizarre d'unir ainsi l'histoire coloniale et l'histoire de l'immigration ? Que je sache, les deux ne sont pas superposables ! Comment ont fait les commissaires de l'exposition sur le football ? Ils sont parvenus à transformer Kopa et Platini en produits de l'Empire colonial ?

— C'est un hasard, je vous dis.

— Je suis bien certain qu'il s'est trouvé des hauts fonctionnaires pour penser que c'était un hasard heureux. Ces gens-là n'avaient pas dû pousser bien loin leurs études d'histoire. Reconnaissez avec moi que ça participe de ce "bordel mémoriel" dont vous parliez tout à l'heure. »

Je me plante devant le monument à Marchand. Il date de 1934, après la mort du héros de la mission Congo-Nil. À la tête de quatorze officiers français et de cent cinquante-deux tirailleurs sénégalais – un ratio finalement plus favorable aux Français que lors de la prise de Ségou –, Marchand avait traversé toute l'Afrique d'ouest en est. L'itinéraire est gravé sur la pierre du monument : Brazzaville, le Congo français, Bangui, l'Oubangui-Chari, Tambura, le Bahr el-Ghazal, Fachoda enfin. Fachoda ! Marchand y est arrivé le premier, sur le Nil, le 10 juillet 1898, voulant en prendre possession au nom de la France. Quand on pense qu'il était parti deux ans plus tôt… Grosse affaire : contrôler le Nil, c'était contrôler l'Égypte que les Anglais s'étaient appropriée une quinzaine d'années plus tôt – alors même que c'étaient les Français qui avaient construit le canal de Suez. Mais les cent soixante-sept bonshommes de Marchand se sont heurtés aux vingt mille hommes de l'armée britannique qui venait de battre les derviches du Mahdi et de s'assurer le contrôle du haut Nil. En écoutant mon jeune ami me raconter cette histoire, je m'imagine le désappointement du commandant français, après deux années de marche au bout du monde, tout à coup cerné par une armée anglaise infiniment supérieure en nombre, obligé de prendre ses ordres de Paris en utilisant le fil télégraphique que les Anglais eux-mêmes avaient établi, depuis Alexandrie, au fur et à mesure de leur progression en direction du Soudan. J'imagine la scène. « Monsieur le ministre, ici le capitaine Marchand, commandant la mission Congo-Nil, nous avons un problème... »

En tout cas, ça n'a pas traîné, le ministre leur a vite demandé de dégager les lieux. Les journaux de l'époque ont parlé d'humiliation, de lâcheté et de forfaiture. C'est alors que Marchand est devenu immensément célèbre. Un héros abandonné par son gouvernement après deux années d'efforts et de privations (lui aussi, comme Thadée, n'avait pas dû manger de pain ni boire de vin pendant tout ce temps). Pour les politiques de l'époque, ça a été sans doute compliqué à gérer. Au défilé du 14 juillet 1899, alors que Thadée bataillait pour créer le jardin de Nogent, ils ont fait défiler Marchand à la tête de ses tirailleurs sénégalais. Deux ans plus tard, en présence de Marchand lui-même, ils ont baptisé une rue de Paris *rue du Commandant-Marchand*. Elle porte aujourd'hui encore le nom de ce drôle de héros.

Le monument que j'ai sous les yeux, lui, date d'après la mort de Marchand. Il est vraiment très stylisé, dans cette espèce de goût Art déco de l'entre-deux-guerres. On ne voit que six officiers français et six tirailleurs sénégalais, mais aucun, je crois, ne représente un individu précis. Ce sont des symboles. D'ailleurs, les Français sont chaussés de godillots, cependant que les Sénégalais vont pieds nus. Un Blanc est agenouillé auprès d'un Noir qu'il soigne, dans une position christique qui est aussi une métaphore de la mission civilisatrice. Car c'était cela aussi le *fardeau de l'homme blanc* : prendre son temps et risquer sa vie pour éduquer et soigner les peuples sauvages. En échange, ceux-ci portaient sur leurs dos les fardeaux bien réels d'une expédition comme l'expédition Congo-Nil. On ne serait pas allé bien loin sans porteurs.

Dommage que les officiers français aient été autant stylisés. J'aurais aimé que le sculpteur représente les traits exacts, et passablement ingrats, d'un des subordonnés de Marchand : le lieutenant Mangin. Celui-là était mort peu de temps auparavant, après avoir fait une carrière plus belle que celle de Marchand – lui était devenu général. Son nom figure sur le *wall of fame* de l'Empire, de l'autre côté de la place. C'est lui qui, une quinzaine d'années après l'expédition Congo-Nil, s'était improvisé le théoricien de la « force noire », suggérant ardemment que la France fasse appel, pour défendre son propre territoire, aux « races guerrières » de son Empire colonial. Mangin en tenait pour les Bambaras mais en général, disait-il, de nombreux peuples d'Afrique étaient doués pour la guerre. Les Africains n'avaient-ils pas une résistance physique supérieure à celle des Européens, leur permettant de supporter des climats très durs et de porter de très lourdes charges ? Le moindre développement de leur système nerveux ne les rendait-il pas moins sensibles à la douleur ? Le caractère patriarcal des sociétés africaines ne leur avait-il pas inculqué précocement le sens de la discipline et de la hiérarchie ? N'avaient-ils pas l'habitude de la guerre, puisque celle-ci est endémique en Afrique (la colonisation devait d'ailleurs mettre un terme à cet état de fait) ? On aimerait rire aujourd'hui de ces certitudes manginesques, d'un rire un peu amer. Mais on ne peut pas. On a entendu des entraîneurs de football tenir ce genre de propos. De Marius Trésor à Marcel Desailly, on a alimenté l'idée selon laquelle la défense de l'équipe de France était l'affaire de grands Noirs costauds. Récemment encore, on a entendu le sélectionneur de l'équipe de France dire ce genre de choses. Et, comme l'Histoire est souvent sarcastique, ce sélectionneur s'appelait Blanc.

Tiens, ils en parlent de cela, dans l'expo sur l'immigration et le football ?

« Vous savez que ce monument était accompagné d'une statue de Marchand lui-même ?

— Ah non, et où est-elle ?

— Elle a été détruite après les indépendances. Un attentat, je crois. »

Un attentat. Au moins celui-là n'avait pas fait de victimes de chair et d'os. Tout de même, on aurait pu reconstruire la statue de Marchand – ou signaler qu'elle avait été là autrefois. On a choisi de ne faire ni l'un ni l'autre et ça ne m'étonne pas vraiment. Nous ne savons pas quoi faire, au juste, de tout ce passé qui nous encombre.

État d'urgence

Allons, voilà que moi aussi, parti sur les traces de ce Dybowski débusqué dans les archives, je me retrouve à devoir tenir, que je le veuille ou non, un discours sur notre passé colonial. Contrairement à mon guide je m'en passerais bien, moi, du débat, d'ailleurs je n'en vois pas l'utilité. Ça a eu lieu. Porter des jugements sur ma vie ne la changera plus désormais. Pourquoi ce ne serait pas pareil pour la France, après tout ?

Il ne serait certainement pas d'accord avec ça, mon guide. En plus, il est d'une autre génération. Il porte une autre histoire, un autre milieu, d'autres origines. Il ne cherche pas une vérité pour se construire. Il s'en fout bien de la France et de son enfance turbulente, de ses traumatismes et de ses angoisses nocturnes. Il a grandi dans un monde plus *global*, comme il dit. Sa vérité, pour se prétendre telle, doit souffrir le changement de point de vue. Il dit : « Il nous faut adopter une perspective multifocale. La seule histoire coloniale qui vaille, c'est celle qui pourrait s'écrire et s'enseigner de la même façon en France et en Algérie. » Mais c'est quoi, une perspective multifocale, pour quelqu'un comme moi, à part la mort du tableau ?

Peut-être que je deviens un vieux con cynique. Un enfant de ce XXe siècle optimiste qui croyait encore au progrès et a fini par inventer la bombe atomique – et qui sait tout cela.

Peut-être que j'ai trop grandi à la campagne pour croire à leur *globalisation*. J'ai voyagé pourtant. J'ai même vécu à l'étranger parfois, jamais plus de quelques mois, mais tout de même suffisamment pour déceler, partout où je suis allé, une *couleur locale* comme disaient les écrivains romantiques. Ne serait-ce que dans le paysage. Un arbre c'est un arbre sans doute et l'herbe est toujours verte, mais je prétends qu'on le reconnaît, qu'on ne peut pas s'y tromper. Dans la petite ville de mon enfance où je retourne parfois, je suis capable de repérer, à dix kilomètres près, des changements de paysages qui me sont comme des dépaysements. L'épaisseur de la forêt, l'inclinaison du chemin, la nature de la terre, le dégagement de l'horizon, la fréquence des collines, la présence des étangs, les champignons, la couleur des vaches, les pierres des maisons, la forme des tuiles. Un géographe pourrait m'expliquer ça, moi je l'ai dans la peau. Vue de là, et par un écrivain pour qui les mots sont tout, la France, il faut bien que ce soit le nom de quelque chose.

Je suis bloqué. Il y a tant de choses qu'on ne peut pas dire, tant de choses qui nécessitent aussitôt des pages de justifications pour ne pas être mal interprétées. Alors, autant se moquer également de tout, non ?

Je hais les imbéciles qui croient que Dieu les sauvera – et ne sauvera qu'eux – parce qu'ils portent une barbe d'une certaine longueur ou une robe d'une certaine couleur, comme disait Voltaire. Mais je ne peux pas entendre non plus les idiots qui croient qu'on apaise un homme en colère en tapant dessus. Je méprise la réponse sécuritaire brandie par les hommes politiques de tous bords, comme je méprise les discours également haineux et absurdes des tracts qui commencent par citer l'impérialisme américain et la politique extérieure d'Israël comme causes objectives des attentats. Les positions se radicalisent, parce que les drames sont des porte-voix, quelles que soient les voix. Les discours se durcissent, se simplifient et deviennent également infréquentables.

Je suis bloqué. Je n'ai pas toujours été comme ça. C'est un mal moderne.

Je le méprise tellement, le monde *global* dont me parle mon guide. Comment voulez-vous ne pas avoir de mépris pour un monde où l'on signe, tous les jours, des accords internationaux pour assurer la libre circulation des marchandises et où, dans le même temps, on entreprend de construire des murs aux frontières des États pour empêcher les hommes de circuler librement ? Un monde où l'on renvoie chacun à son origine, sa religion, sa nationalité, sa richesse, son milieu social, pour lui assigner une place définitive, confortée par les statistiques plus sûrement que par le jansénisme ou le confucianisme le plus étroit ?

C'est l'état d'urgence, en France, depuis des mois, parce que c'était une urgence d'État de répondre à la menace invisible du terrorisme par des mesures visibles, peut-être inefficaces mais bien visibles. Le plus gros de notre force militaire est occupé sur notre propre territoire à surveiller des lieux de culte, des écoles, des gares et des grands magasins. Les soldats ont obtenu le droit d'avoir un chargeur plein de munitions, tant que la première balle n'est pas engagée dans la chambre. Ils ont obtenu le droit d'intervenir sans attendre d'ordre de leur commandement, si une menace précisément identifiée l'impose. Je trouve que ça se voit, qu'ils sont sur les dents. Ils n'ont que vingt ans, ils sont loin de chez eux. Ils sont, leur disent leurs hiérarchies, des cibles vivantes en faction, sur le qui-vive, comme en territoire ennemi. *Ceci n'est pas un exercice*. Ils sont en France comme en territoire ennemi, parce que la France est un théâtre d'opérations militaires. *Nous sommes en guerre*. Ils dorment mal. Les fusiliers marins loin de leurs bateaux. Les chasseurs alpins sans leurs skis. Ils sont fatigués. Ils ont un peu peur. La menace, c'est n'importe quelle mère de famille avec un foulard sur la tête, ou n'importe quel groupe de jeunes qui s'approcheraient en parlant fort en arabe.

Il finira par y avoir une bavure, c'est certain. Les banlieues s'embraseront. Par leur violence, elles donneront rétrospectivement raison à l'État policier. Tous les discours de mon guide n'en pourront mais. Alors, on les nettoiera pour de bon, avec des chars, pas avec des Kärcher. Et tout ira encore plus mal. Le monde sera encore plus triste et méprisable. C'est de la science-fiction, évidemment, mais si je peux l'écrire c'est que c'est possible, et l'on vit une époque où très peu de choses ne se réalisent pas, dès lors qu'elles sont possibles. Peut-être même que je l'écris pour conjurer le sort, pour que ça n'arrive pas.

Pourtant en venant ce matin au lieu de rendez-vous, en prenant le métro, je me suis retrouvé à la correspondance, à République, sur le quai à côté d'un jeune homme coiffé d'un petit bonnet rond au crochet, barbe plastronnant sa poitrine, robe blanche jusqu'aux genoux, pantalon s'arrêtant à mi-mollet, sandales. Il sortait tout droit d'un documentaire sur les Frères musulmans. Il portait un sac de sport noir. Ça m'a mis en colère. J'ai eu envie de l'interpeller, de lui demander si ça le faisait rire de mettre son déguisement pour faire peur aux gens, en ce moment, s'il croyait que c'était mardi gras, j'ai eu envie de l'insulter et j'ai compris qu'il me faisait peur. Je n'en suis pas fier, parce que j'ai fait quelque chose de vraiment absurde. Je me suis contenu, je n'ai rien dit, je me suis contenté de garder ma peur pour moi sans réussir à m'en débarrasser non plus et, comme je ne savais pas trop quoi en faire, j'ai laissé passer un métro.

Et je me suis dit : « Merde, si tu penses qu'il peut y avoir une bombe dans son sac, pourquoi tu n'as pas appuyé sur le signal d'alarme ? »

Je me suis dit : « Si c'est vraiment stupidement paranoïaque, de suspecter n'importe qui, comme ça, pourquoi tu n'es pas monté dans le même métro que lui ? »

Je me suis dit : « Merde, pourquoi il s'habille comme ça aujourd'hui ? C'est de la provocation. » Et j'étais prêt à interdire le port de la barbe en public.

Je me suis dit : « Si tout le monde le regarde avec autant de méfiance, avec autant de colère, il va se déguiser de plus en plus. » Peut-être que ça avait débuté comme ça, pour lui.

Je me suis dit : « Si on regarde les Arabes comme si c'étaient des musulmans, alors autant qu'ils portent la barbe. »

Évidemment, il y avait un prolongement assez peu rassurant à cette idée : « Si on regarde les musulmans comme si c'étaient des terroristes, alors autant qu'ils mettent des bombes. »

Quel monde de merde !

Les lacs

Pour aller vers le bois il faut, avant toute chose, traverser le boulevard périphérique en l'enjambant. Il ressemble ici à n'importe quelle *expressway* américaine : la zone n'est faite que pour les voitures et, si l'on veut le voir sortir de son tunnel, on se retrouve à marcher au bord d'un grillage dans un bruit infernal. Les voitures, en file ininterrompue, figurent une sorte de fleuve insensé ou absurde, un escalier d'Escher : un fleuve qui tournerait en rond et coulerait indifféremment dans les deux sens.

Je pense au Congo, au Nil et à l'Oubangui, qui étaient pour les Français des fleuves périphériques. L'histoire des fleuves est curieuse. Ce devrait être celle de voies de circulation. À quelques exceptions près, rien n'est plus facile que de voyager le long d'un fleuve. D'ailleurs, au XIXe siècle, le combat pour le libre-échange était avant tout un combat pour la libre circulation sur les fleuves. Mais c'est toujours le syllogisme issu de Montesquieu : cette liberté a d'abord servi la conquête militaire. Les canonnières à fond plat ont remonté le Niger et le Nil. Elles ont permis de prendre des villes. Puis les fleuves sont devenus comme le périphérique parisien aujourd'hui : des frontières comme autant de murailles. C'est l'histoire du Congo comme c'est l'histoire du Rhin.

Il est très difficile, en contemplant de haut l'écoulement des voitures sur le périphérique, de ne pas penser à des fourmis, de ne pas imaginer que, derrière les milliers de raisons particulières d'être là, s'exhibe une sorte de comportement mécanique sans psychologie, obéissant à des lois simples. Une négation de l'individu. Une société de flux, de besoins, de consommation. Une société de hasards. Une société coupée en deux aussi, même si, du côté de Saint-Mandé et de l'avenue Daumesnil, ce fossé qui sépare Paris de sa banlieue n'est pas si frappant qu'à la frontière d'Aubervilliers. Les immeubles continuent ici d'être majestueux et blonds.

« Le quartier n'a pas toujours été si chic. Le 11e et le 12e étaient des quartiers d'ouvriers et d'artisans. Sous le Second Empire, quand on a commencé les travaux d'embellissement du parc, c'étaient même les quartiers pauvres de la capitale.

— On voulait que les pauvres profitent du bon air le dimanche ?

— Ou bien on voulait réserver Boulogne aux riches ! »

Mon guide m'apprend que le bois, qui appartenait au Domaine depuis fort longtemps, s'était ouvert peu à peu aux promeneurs, jusqu'à accueillir, un peu avant la Révolution, des courses de chevaux, à la mode anglaise.

« D'abord dans une grande allée en face du château, puis du côté de Fontenay. C'était déjà l'hippodrome en somme. Toujours le pendant de Boulogne. Vincennes est, aujourd'hui encore, plus populaire que Longchamp. »

Nous gagnons rapidement le lac Daumesnil, le plus proche de Paris et le plus pittoresque des trois lacs du bois avec ses deux îles, ses deux ponts suspendus, sa cascade, sa grotte et son petit temple de Davioud.

« Davioud, me lance mon guide, l'architecte de celui des Buttes-Chaumont et, plus tard, du Musée du Trocadéro. Vous voyez ce restaurant sur l'île de droite ? Eh bien c'est un ancien pavillon de l'Exposition universelle de 1867 – le pavillon de la Suisse, qui avait une forme de chalet.

— Tout ça fait un beau décor autour du lac.

— Ah bah, le lac lui-même est un décor, comme tous les lacs du Bois d'ailleurs. On ne risque pas de s'y noyer. J'ai déjà vu le lac des Minimes à sec, une année où on le désenvasait : il doit être profond d'à peine cinquante centimètres. »

Ici, la nature n'est qu'un spectacle, comme une toile peinte que contempleraient les promeneurs. Celui qui cherche de la profondeur dans le bois de Vincennes, il ne la trouvera pas dans l'espace.

J'allais dire quelque chose d'idiot sur l'Afrique des Grands Lacs mais je reste interdit. Je m'arrête sans même m'en rendre compte et mon jeune guide, que j'ai laissé terminer sa phrase dans le vide, s'est retourné vers moi. Il me regarde d'un air interrogateur. Je suis sidéré.

Je savais que la mode était à la course à pied. Tous les ans, trente-cinq à quarante mille personnes s'alignent au départ du marathon de Paris, reproduisant dans un geste pathétique, cherchant à se prouver qu'ils sont encore vivants, la course d'un héros grec mort pour annoncer une défaite. Les panneaux publicitaires vantant les mérites ambigus d'un sport de salle censé rendre plus performant – ou productif – ne m'ont pas échappé non plus. On y lit les corps en sueur et les visages douloureux du masochisme hygiéniste de l'époque.

Mais ordinairement je ne fréquente pas les parcs et les bois. Je ne m'étais pas rendu compte qu'on en était là. Partout autour de nous, les promeneurs ont tous été remplacés par des joggers.

Ce ne sont pas quelques coureurs isolés profitant du cadre bucolique d'un parc familial, c'est le contraire : le lac Daumesnil est à présent un stade, une piste que le promeneur solitaire ne fait qu'embouteiller de sa présence importune. Ceux qui n'ont plus l'âge de galoper, ou qui se sont déjà abîmé les genoux en se prenant pour des sportifs, se contentent de se déhancher au pas de course en agitant des bâtons en fibre de carbone. Ils sont tous habillés, si l'on peut appeler ça ainsi, dans des tenues ridiculement moulantes, aux couleurs criardes, qui soulignent leurs os saillants ou les bourrelets qui leur restent. Ils courent, ils courent autour du lac, en rond, dans les deux sens, comme les voitures sur le périphérique, sans but apparent, sans logique, ils courent, mécaniques, la bouche ouverte, les sourcils froncés, les traits crispés dans l'effort, comme des poissons sur le point de se mettre à crier.

Et dans le fond quoi de plus naturel, dans un décor, que de se donner ainsi en spectacle ? Sans doute, les quelques vieux en pardessus qui restent et déambulent deux par deux en commentant l'actualité jouent-ils aux vieux en pardessus, eux aussi. On est dans une époque comme ça.

Et pas un, sauf à faire exprès de les observer, ne pourrait dire quels arbres il a croisés ni de quelles couleurs sont les feuilles de ce début d'automne. Où sont les escargots de Prévert ? C'est le monde entier qui n'est plus qu'un décor.

Quand je pense que le lac a été nommé d'après un ancien gouverneur du fort de Vincennes, Daumesnil, qu'on appelait Jambe-de-bois parce qu'il avait eu la jambe arrachée à Wagram ! Au moment de l'invasion du territoire, cependant qu'il défendait vaillamment son fort, il répondait aux généraux ennemis qui réclamaient sa reddition : « Quand vous me rendrez ma jambe, je vous rendrai la place ! » Pauvre Daumesnil, si tu savais ce que les gens font de leurs jambes aujourd'hui, autour du lac qui porte ton nom !

Les cabanes du sous-bois

De l'autre côté du lac Daumesnil il y a le zoo. Nous le longeons, toujours escortés par les joggers. Un premier zoo avait été installé là, en même temps que le palais des Colonies, lors de l'Exposition de 1931. On y avait entassé quelques exemplaires de la faune d'Afrique, des éléphants à grandes oreilles, des girafes, des lions. Ça avait si bien marché que trois ans plus tard, l'année de la mort de Marchand, on inaugurait le zoo actuel. Le grand rocher qu'on voit de loin, me dit mon jeune guide, cache en fait un réservoir d'eau.

Nous nous enfonçons dans le bois, superbe en cette saison. Des bosquets mordorés alternent avec de grandes pelouses aux herbes couchées. Tout cela donne une impression de nature, très contraire à la réalité des nombreuses tâches nécessaires à l'entretien de tous ces arbres. Car un bois, ce n'est peut-être pas un parc, il n'y a pas de plates-bandes ni de massifs de fleurs ni de statues artistiquement disposées, mais ça demande beaucoup de travail. Ce n'est pas si simple, d'avoir l'air d'une forêt.

À l'image de ses lacs qui ne sont que des bassins, le Bois est devenu un décor devant lequel les promeneurs sont les uns aux autres leur propre spectacle. Trois soldats passent, en uniforme, montés sur de très hauts chevaux. Ils viennent du quartier de cavalerie qui se trouve face au château, vestige du temps où le bois de Vincennes était une affaire toute militaire, quand de vastes espaces y avaient été transformés en champs de tir. C'était il y a longtemps, à l'époque où, à cause du bruit des pièces d'artillerie, Vincennes était surnommé « Canonville ». Aujourd'hui, ces trois cavaliers qui passent sont aussi inoffensifs que l'ancienne cartoucherie, devenue un théâtre qui porte encore son nom – et bien plus en fait, si l'on croit un peu aux pouvoirs de l'art.

Tant de choses ici ont disparu. Cette vaste prairie, par exemple, c'était autrefois l'université de Vincennes – une des rares utopies étudiantes de Mai 68 à avoir été réellement construite, puis détruite. D'autres bâtiments racontent des histoires encore plus incertaines. Mon guide me montre deux maisons rouges à côté du lac des Minimes où nous arrivons. Elles datent du temps de Louis XVIII, qui les avait fait construire pour abriter des forestiers. La Révolution avait donné le Bois au peuple ; le roi voulait le lui reprendre. Ces maisons rouges signifiaient que, puisque le roi prenait soin du Bois, alors le Bois lui appartenait. Le succès de la légende de Saint Louis rendant la justice sous un chêne date de cette époque. Le sire de Joinville en avait parlé dans ses mémoires, quelques décennies après la mort de Saint Louis, lorsqu'il s'agissait de montrer que son maître avait été un bon roi, calme et doux, bien plus juste que ceux qui lui avaient succédé. Mais cela n'avait pas eu tellement d'importance. À l'époque de Louis XVIII, en revanche, quelle affaire, comme on l'a montée en épingle ! Allait-on contester au roi de France la propriété d'un bois où le plus célèbre de ses ancêtres – le plus saint, en tout cas – avait si majestueusement et si simplement exercé le pouvoir qu'il tenait de Dieu ?

Ce n'est pas ici n'importe quel bois. C'est un décor aussi, avec ses faux lacs et ses bâtiments qu'on monte et qu'on démonte selon les époques.

Les gamins qui construisent des cabanes de pirates et des sortes de tipis en branchages devraient en être informés.

*

* *

Cependant il y a d'autres cabanes. On les repère aux bâches d'un bleu ou d'un vert délavés qui les recouvrent. Elles apparaissent comme des taches un peu sales aux endroits où les bosquets sont les plus denses. S'appuyant sur les troncs et les branches basses, elles forment la toiture fragile de maisons improvisées, dissimulées au cœur des taillis. Parfois ce sont de simples toiles de tentes, dont l'armature tordue a été rafistolée en l'arrimant aux arbres les plus proches, leur donnant des allures de haubans. Parfois, elles semblent plus solides, comme si elles absorbaient des éléments de la nature autour d'elles, qu'elles finissent par intégrer à leur structure comme une charpente moussue dont elles deviennent indissociables. Ce sont les voiles échouées de naufrages oubliés, des épaves sans trésors. Elles sont le sous-bois, comme une ville a ses bas-fonds. Elles sont là depuis des années. Elles hébergent ceux qui n'ont plus de vrais logements et dont les bâches vertes, grises et bleues constituent actuellement les seuls toits.

Elles sont la misère contemporaine, si proche et pourtant presque invisible. Aucun bruit ni aucun habitant n'en sort. Elles semblent avoir pris place dans des coins précis du bois où leur présence a fini par se faire presque oublier. Il faut, guidé par la première qu'on aperçoit en bordure du chemin, non loin, laisser le regard s'enfoncer un peu plus, pour discerner les autres à travers les branchages, pour deviner qu'il y a là, espacées de solitude, des dizaines de cabanes, un petit faubourg, comme un village dont la présence silencieuse au milieu du bois est un peu inquiétante. On croirait que personne n'y vit. Personne n'en sort, la journée, au milieu des joggers et des enfants qui jouent aux Indiens. Personne, parmi les promeneurs, ne va au-devant d'elles. Qui s'est réfugié là et s'y cache ? Qui est devenu à ce point invisible sous le nez de tous ? Ils sont jusqu'à 300, paraît-il, l'été, moitié moins l'hiver. Tous les hivers, il y en a qui meurent de froid, dans une bataille perdue d'avance contre la misère.

À peu près à l'endroit où se trouve aujourd'hui le lac des Minimes, il y eut autrefois une fête splendide. C'était à l'époque du roi des Français Louis-Philippe Ier. Un de ses fils, qu'on appelait le duc de Montpensier, avait donné cette fête en l'honneur de sa jeune épouse, geste touchant. Il avait fait tracer là, tout exprès pour la fête, un parc anglais. Ce fut somptueux, dit Victor Hugo qui y avait été invité, une fête comme on en voit peu. Hugo la note dans son journal intime, à la date du 5 juillet 1847. Il la note parce que ce qui l'a frappé, ce ne sont pas les sommes folles dépensées par le duc, ni le luxe inouï avec lequel celui-ci a reçu, ni les magnifiques équipages de ceux qui sont venus là depuis leurs hôtels particuliers du centre de Paris. Non, ce qui a frappé Hugo, ce sont les regards des misérables qui ont deviné les préparatifs de la fête et observé les invités qui s'y rendaient. Ces regards n'ont pas quitté Hugo. En rentrant chez lui, il écrit : « Quand la foule regarde les riches avec ces yeux-là, ce ne sont plus des pensées qu'il y a dans tous les cerveaux, ce sont des événements. »

Six mois plus tard, c'était la révolution de 1848.

Ouvertures du jardin

Jean Thadée Dybowski et Joseph Conrad Korzeniowski ne se ressemblent finalement pas tant que ça. Je les imagine en 1898. Ils sont tous deux revenus des alentours du Congo. Thadée vit entre Paris et Nogent. Conrad est installé dans le Kent où, trois ans plus tôt, il a publié son premier roman. Il est déjà un écrivain respectable. Il sait que la culture du caoutchouc, dans le bassin du Congo, s'accompagne de terribles exactions. Un missionnaire suédois, présent sur place, a parlé de massacres. Un ancien ministre britannique, membre de l'Aborigines' Protection Society, a relayé l'information, évoquant des coups de fouet, des fusillades et des villages brûlés. Des mains coupées. Conrad s'interrompt dans l'écriture de son deuxième roman. En deux mois il écrit une petite nouvelle, *Cœur des ténèbres*. Aujourd'hui on la considère comme la fiction la plus éclairante sur les atrocités engendrées par la politique coloniale de la fin du XIXe siècle. Mais à l'époque, cette petite nouvelle est passée presque inaperçue.

Thadée ne l'a sûrement pas lue. Il aurait pu lire en revanche *Le Fardeau de l'homme blanc*, le poème résolument colonialiste que Rudyard Kipling publie la même année, à la gloire de l'impérialisme américain aux Philippines, et qui a infiniment plus de succès que la nouvelle de Conrad. Mais je ne pense pas que ça l'aurait davantage intéressé. Thadée ne juge pas la politique coloniale, ni positivement ni négativement. Il l'accompagne, il est dedans. Elle lui est une évidence. S'il se bat, avec la même énergie que Conrad, ce n'est pas pour l'amélioration du sort de ceux qu'on appelle alors les indigènes. Il se bat pour créer le jardin de Nogent.

On peut suivre ce combat à la gloire incertaine dans les dossiers conservés aux Archives nationales, série AJ/15 (celle qui concerne le Muséum d'histoire naturelle). Les papiers de la cote 848, intitulée « Jardin colonial de Vincennes, 1901-1907 », donnent une petite idée des méthodes de flibustier que Thadée a dû employer pour parvenir à ses fins. On y trouve des lettres et des brouillons de lettres d'une somme de directeurs, de professeurs et de présidents, que Thadée a prodigieusement énervés : le directeur du Muséum d'histoire naturelle, le directeur administratif des services d'architecture et des promenades et plantations de la Ville de Paris, le président de la Société française de colonisation et d'agriculture coloniale, le professeur de culture du Muséum d'histoire naturelle. Aucune de ces lettres n'émane de Thadée lui-même mais il est cité dans plusieurs d'entre elles et, quand il n'est pas cité, ce sont bien ses actions à lui qui le sont. Je suppose que pour Thadée, qui avait voyagé si souvent et si loin, qui avait rapporté des milliers d'objets de régions presque inconnues des Européens, qui avait vengé la mission Crampel en rapportant le crâne du traître Ischekkad et de ses deux compagnons, qui pour tout cela avait été considéré comme un héros, la pusillanimité des administrations métropolitaines devait être exaspérante.

En tout cas, il se démène, il s'agite, il calcule, et pour parvenir à ses fins il n'hésite pas à jouer les uns contre les autres. Il annexe une partie du Bois bien plus grande que celle qui avait été prévue, il fait approuver par la préfecture les plans des nouveaux bâtiments en se faisant passer pour le directeur du Muséum, il récupère des constructions de l'Exposition universelle de Paris, d'autres de l'Exposition coloniale de Marseille, il réclame et obtient des arbres, des arbustes et des bosquets qui n'étaient pas pour lui. Le Jardin avait été créé en 1899 comme une annexe du Muséum, Thadée veut en faire un jardin indépendant. Il agace tellement de monde qu'il sera bientôt remplacé par un administrateur plus docile, dont on dit beaucoup de bien aujourd'hui. Mais, en attendant, c'est Thadée qui aura créé le Jardin colonial de Nogent.

Sa mission était d'en faire un jardin d'essais, comme on en avait établi à Alger, à Tunis ou à Libreville. Thadée, qui avait brièvement dirigé celui de Tunis, était à son affaire. À plusieurs reprises, il avait exposé les ambitions de ce genre de jardin : rechercher les espèces qui donneraient des produits pouvant concourir à l'alimentation ou à l'industrie locale, arriver par des méthodes de sélection et d'hybridation à obtenir des races plus résistantes et donnant des rendements plus élevés, propager des espèces reconnues utiles et en distribuer les plants aux colons. C'est ce qu'il avait fait à Tunis. Évidemment, à Paris où il n'y avait pas de colons, l'objectif serait un peu différent. Il devrait faire de ce bout du bois de Vincennes quelque chose comme le Jardin d'acclimatation. Mais en plus moderne.

Un jardin, dit Thadée, c'est le contraire d'une île : « Le temps n'est plus, si tant est qu'il ait jamais existé, où un Robinson Crusoé peut se tirer d'affaire au milieu des contrées nouvelles dans lesquelles il est jeté, et arriver à s'y créer une existence heureuse. » Thadée avait le sentiment de vivre le début d'une autre époque. Comme l'écrivait Conrad dans son premier roman, le temps des exploits aventureux était passé. Thadée était bien d'accord. J'extrais cette autre phrase d'un de ses livres, publié au même moment que celui de Conrad :

> Tandis qu'autrefois, explorer, c'était parcourir les pays les plus inconnus, visiter les peuplades les plus sauvages et rapporter le récit des aventures les plus extraordinaires, c'est aujourd'hui étudier les régions les plus riches, rapporter les notions les plus précises sur l'utilisation du sol et des végétaux et donner des renseignements sur les aptitudes commerciales des peuplades avec lesquelles ont été nouées des relations pacifiques.

Oui, le temps des exploits aventureux était passé. Adieu les bellâtres vaniteux à la Crampel et les Ischekkad qu'il fallait aller exécuter au cœur des ténèbres africaines. L'avenir ne serait pas aux naufrages sur des îles désertes ou aux expéditions de grandes découvertes. Dans une formule que n'aurait pas reniée Henri Michaux, Thadée écrit encore : « Tout est découvert aujourd'hui. L'inventaire du monde est fait. » L'époque était aux jardins d'essais, là où de patients savants se préoccuperaient d'améliorer la nature qu'on connaissait si bien, pour le profit de l'humanité tout entière. Mais pour cela il fallait d'abord s'approprier un territoire, le clôturer et y planter son drapeau. C'est cela que faisait Thadée, en pirate et en conquérant, dans un petit coin du bois de Vincennes.

*
* *

Cette fois, nous y sommes, à dix minutes à pied du lac des Minimes, le long de l'avenue de la Belle-Gabrielle. Nous avons laissé derrière nous les joggers et les bâches vertes et bleues des cabanes du sous-bois, les souvenirs de Saint Louis et ceux du duc de Montpensier. Un modeste grillage nous sépare du Jardin colonial qu'on n'appelle plus ainsi. On l'appelle le Jardin d'agronomie tropicale – mais l'intention est la même qu'autrefois, c'est toujours le projet de Thadée. Je le cite encore : « Il est du devoir des nations qui ont accepté la tutelle de ces territoires nouveaux de rendre, à l'égard de l'exploitation des produits naturels, des mesures conservatrices et d'en empêcher la prompte destruction. » C'est exactement le programme des agronomes d'aujourd'hui, sauver ce qui peut l'être. On ne parle plus de la tutelle des États européens sur les territoires lointains, bien sûr. Mais enfin ce sont bien des agronomes français qui travaillent toujours patiemment, dans les bâtiments du jardin créé par Thadée, à améliorer l'agriculture des tropiques, la rendre « durable » par exemple, « écologique » ou « responsable ».

Le jardin lui-même a été longtemps fermé au public. Cela fait une dizaine d'années qu'on l'a rouvert, à l'initiative de la mairie de Paris dont il est devenu un « espace vert ». Mon guide se frotte déjà les mains à la perspective de m'en faire la visite.

« Vous allez voir ce qu'ils ont fait de l'œuvre de votre Dybowski. »

Ruines

Un jour, d'autres que nous feront à leur tour l'histoire de notre temps.

Ils fouilleront nos ruines, nos poubelles. Il y aura de quoi faire, avec nos poubelles.

Nous qui pensons si fortement être parvenus à l'ère de la conservation, du musée, du zoo, de l'archive radiophonique ou télévisée, de l'indexation d'Internet, bref d'une certaine forme d'immortalité – ne serait-ce que l'immortalité de l'information, il se pourrait que ce soit le contraire qui se passe : que nous laissions très peu de traces.

Ils ne pourront pas lire nos ordinateurs, bien sûr, parce que les formats numériques évoluent si vite qu'il est absolument impossible qu'on sache encore, dans cent, dans cinquante, ou même seulement dans vingt ans, lire le contenu de nos disques durs d'aujourd'hui – sauf peut-être quelques savants spécialistes. Nos réseaux sociaux auront changé dix fois de plateforme. Des entreprises qui semblent aujourd'hui des monstres aux actifs monumentaux s'effondreront et seront remplacées par d'autres, juste pour avoir raté un tournant technologique, une innovation qui se sera ensuite imposée et généralisée à leur détriment. Des ordinateurs en métal des années quatre-vingt qui avaient l'air si solides, si fiables, il ne reste déjà rien, pas un fichier, une image, pas un mot, pas un son. Les tortues du Logo et les fantômes de Pac-Man y tournent à jamais dans un labyrinthe éteint.

Je ne dis pas ça pour jouer les oiseaux de mauvais augure, mais parce que j'en ai l'expérience. J'ai déjà perdu tellement de choses en trente ans, par le simple renouvellement des standards et des normes. Des photos, des films, tout un tas de souvenirs et deux manuscrits que j'avais écrits sans les envoyer à des maisons d'édition – à l'époque où on écrivait sur des disquettes. Des quantités de notes, des débuts jamais achevés, des premiers chapitres – presque tous mes premiers chapitres, allez savoir pourquoi –, des articles non publiés, des milliers de pages peut-être, des fiches de lectures, des bouts de journal intime, des billets d'humeur, tout ce qui n'est pas parvenu jusqu'à l'étape de la publication. Tout ce qui est resté coincé dans la machine, dans des formats que je n'ai jamais pensé à mettre à jour lorsqu'il en était encore temps. Des 0 et des 1 que plus aucun programme d'aujourd'hui ne comprend. Tout un brouillon de littérature demeuré virtuel, c'est le cas de le dire, plein de mots qui n'ont jamais vu le jour. Restent quelques cahiers d'écolier et mon mémoire de fin d'études, datant d'une époque en papier. Des photos de mes parents et de ma jeunesse doivent aussi demeurer dans un carton, quelque part, dans une cave peut-être ou sur l'étagère la plus haute d'un placard. Les poèmes que j'écrivais à vingt ans pour les offrir à des filles, j'espère qu'elles les ont jetés. Franchement, il ne restera pas grand-chose. Même mes disques laser, patiemment achetés pour remplacer un à un ceux de ma collection de 33 tours en vinyle, les CD plus durables, au son prétendument plus riche, plus profond, impossibles à rayer, qui ne prendront jamais le souffle ni les craquements agaçants des vieilles galettes, même mes disques laser en joli plastique irisé ils commencent à s'effacer un à un, à s'évanouir, s'évaporer.

Mes livres, oui, au moins sur quelques rayonnages, dans des greniers, des bibliothèques, attendant que quelqu'un les ouvre de nouveau, et ma foi cela me suffit amplement, mais sinon, il ne restera presque rien de moi. Déjà je sais que j'aurai disparu.

Pourtant, il faudra bien que des lendemains naissent de nos poubelles d'aujourd'hui. Celui qui sait lire le passé, ne sait-il pas lire également les signes que nous laissons à notre tour derrière nous ? Quels sont-ils ?

Est-ce qu'on sera l'époque qui aura vu la montée de l'extrémisme, du terrorisme, du fanatisme, du communautarisme, du confessionnalisme ? Du démagogisme, du populisme, du racisme, de l'identitarisme, du sécuritarisme ? Allons-nous inventer à notre tour d'autres mots en *-isme* ? Je suis écrivain, je pourrais m'y mettre moi aussi, comme tout le monde.

Un peu partout face à l'épouvantail de la menace, les hoquets de la démocratie. Poutine contre les Tchétchènes. Le Patriot Act de Bush contre Ben Laden. Erdoğan contre les Kurdes. Orbán contre les réfugiés syriens. L'Angleterre qui sort de l'Europe. Dans les journaux tous ces titres sont en gras. Les solutions rapides et radicales, contre le travail de la raison et du débat. Trump aux États-Unis contre les Mexicains, les Noirs, les femmes et les homosexuels. Et en France, que dire ?

Celui qui sait lire le passé, ne sait-il pas lire également les signes que nous laissons à notre tour derrière nous ?

Il ressemble à un ciel tout prêt pour la tempête, celui qu'on voit s'amonceler ces jours-ci. Des signes, il en vient de tout l'horizon. On dirait qu'un grand vent se lève, on ne s'entend plus.

La porte chinoise

Nous entrons.

La porte est derrière la grille.

Quand le jardin est fermé, c'est la grille qui empêche les promeneurs d'entrer. La porte, elle, est strictement décorative, ne servant ni à entrer ni à sortir. C'est une porte chinoise, une petite porte monumentale, une espèce de porte Saint-Martin, moins prétentieuse et plus colorée avec ses piliers d'un rouge passé et ses petits toits verts aux bouts recourbés. En fait, je ne sais pas si elle est chinoise, et mon guide non plus. Mais elle fait un contraste bizarre avec la végétation qui l'entoure. Pas d'azalées ni de *Ginkgo biloba*. Pas de bois de teck ni de palissandre. Pas de santal rouge. Pas de camphrier.

Malgré cette porte chinoise, nous sommes bien en Île-de-France. La flore autour de nous est affreusement banale. Les plantes ici portent des noms que j'ai appris à connaître dès mon plus jeune âge : des chênes, des hêtres, des frênes, des bouleaux, des platanes, des érables, des acacias, des peupliers, des saules, des ormes, des trembles, des tilleuls, des sapins, des marronniers, des noisetiers, des robiniers, des lauriers, des pins, des arbres qui m'ont accompagné tout au long de ma vie sans que je puisse être bien certain de les reconnaître à coup sûr – mais je connais leurs noms. Je sais aussi que ce qui leur grimpe dessus, ce sont d'infinies variétés de lierre, parfois du gui, et à leurs pieds je devine des liserons, des bruyères, des fougères, des ronces, du trèfle, de la menthe, du chèvrefeuille, des pissenlits, des orties. Je suis dans l'Île-de-France. Il y a du chiendent, des chardons et des genêts.

Ici, ce n'est pas la Chine ni nulle part en Asie. Pas de singes, pas de cris de perruches aux couleurs vives. Le jardin fait silence. Mon guide et moi y sommes seuls.

Alors que fait là cette porte chinoise ?

*

* *

Il y a une dizaine d'années, j'ai passé quelques mois à San Francisco. Je travaillais à un livre sur la présence française en Californie au lendemain de la révolution de 1848. Ça a été mon seul roman historique et, je dois bien en convenir, un échec navrant. Pourtant le sujet était excellent. Au lendemain de la Ruée vers l'or, les Français représentaient un sixième de la ville de San Francisco. Certains étaient venus attirés par les perspectives d'enrichissement rapide, d'autres pour fuir les conséquences de la révolution. À Paris, le gouvernement avait organisé une loterie, qu'on appelait la Loterie des Lingots d'Or : aux gagnants, on offrait un aller simple en bateau pour la Californie. Évidemment, il n'y eut aucun hasard et les gagnants furent tous des ouvriers des faubourgs, ceux-là mêmes qui avaient fait la révolution – le loto est une arme contre les pauvres. Le gouvernement conservateur voulait envoyer au loin le plus grand nombre de ces agitateurs qui seraient la cause de graves désordres s'ils restaient à Paris. Ce n'était pas une idée très neuve. Au temps des croisades, on avait déjà dirigé vers Jérusalem toutes les têtes brûlées qui voulaient se battre, les guerriers qui ne trouvaient pas leur place dans l'ordre de la chevalerie, les petits cons qui refusaient de fonder une famille et d'être utiles aux royaumes et aux principautés d'Occident. À la grande époque de la colonisation, on a fait de même. Aux décavés, aux semi-brutes, aux ratés, aux cadets irresponsables, on a fait la promesse des colonies. On n'était pas certain qu'ils feraient du très bon travail là-bas ; au moins ils ne nuiraient pas ici.

À San Francisco, où en 1848 on avait trouvé de l'or, ils étaient nombreux de cette sorte, anciens révolutionnaires plus ou moins chassés par l'État, héritiers désargentés, vétérans de la guerre d'Afrique, gamins de Paris. J'essayais de croiser les itinéraires de certains d'entre eux. Sans succès. Cette révolution de 1848 n'intéresse plus grand monde, on l'a presque oubliée, coincée entre la Révolution française et les révolutions socialistes, comme dans un pli du temps. Quant à la Californie, ce qu'elle était avant Hollywood et la Silicon Valley, tout le monde semble s'en fiche pas mal.

Ou alors mon livre était mauvais. C'est difficile, les livres d'histoire. Ce n'est pas que les gens ne s'y intéressent pas, d'ailleurs. Seulement il ne faut pas les forcer, on ne peut pas les téléporter brutalement dans une autre époque. Il faut les y conduire petit à petit. Un livre d'histoire devrait être une sorte de promenade dans le passé, commencée dans le présent, allongeant le pas au fur et à mesure du chemin.

J'y avais beaucoup travaillé, à ce livre. Chaque matin, j'allais au Café de la Presse, à l'angle de Grant Avenue et de Bush Street, au coin du petit pâté d'immeubles qu'on appelle encore là-bas le quartier français et où on peut lire, avec un décalage d'un jour ou deux, en trempant dans son café un vrai croissant, les journaux de Paris. Chaque matin, je m'y installais avec mes cahiers et mes stylos, tricotant les vies des Français de là-bas au temps de la Ruée vers l'or, ce comte de Raousset-Boulbon, par exemple, qui finit par lever une armée de quatre cents hommes pour envahir le Mexique voisin et conquérir le Sonora, qui est presque un désert. Le pauvre homme a fini fusillé par les autorités mexicaines après avoir enlevé, les armes à la main, la petite ville d'Hermosillo. Il l'avait sans doute bien cherché.

À travers la vitre du Café de la Presse, au bout du minuscule quartier français de San Francisco, je pouvais voir la grande porte chinoise, Dragon Gate, qui marque de ce côté-là l'entrée de Chinatown – quelques blocs à peine, mais entourés de toute une mythologie que je n'ai pas besoin de décrire parce que celle-là tout le monde en a entendu parler. J'en ai vu d'autres depuis, à New York et ailleurs, même en Chine, à Shanghai où elles sont également modernes, décoratives et ne servent, en gros, comme partout, qu'à orner des devantures de restaurants de raviolis bouillis et signaler l'emplacement où il convient de faire la photo souvenir, dans les sites touristiques. Ce sont des *fakes* évidemment – peut-être plus encore à Shanghai qu'ailleurs.

Celle de San Francisco a été offerte à la ville par les autorités de Taïwan en 1970 : autant dire qu'elle n'est que très imparfaitement chinoise et qu'elle ne raconte pas grand-chose de la terrible émigration de tous ces Chinois venus en Californie pour aider les États-Unis à construire le chemin de fer transcontinental. C'est un *fake,* mais au fond sa présence à San Francisco, comme à New York, ne me semblait pas très incongrue. D'ailleurs, il y a plein de Chinois, ou d'Américains d'origine chinoise, autour de Dragon Gate. On vit très bien à côté d'un faux monument.

Ici, dans la solitude du jardin de Nogent, c'est différent, la porte étonne. On se demande ce qu'elle fait là, toute seule, derrière la grille, à côté de ces arbres couverts de lierre.

Atmosphères

Il y a toujours, dans un lieu donné, une certaine atmosphère. Celle-ci peut varier au gré des saisons, de la lumière, du moment de la journée, au gré de l'observateur surtout et finalement assez peu de lieux ont assez de caractère pour imposer à celui qui y pénètre, quel que soit le moment de la journée, la lumière ou la saison, son atmosphère particulière. Peut-être les jardins, parce qu'ils sont un mélange subtil de nature et de signes, ont-ils cette faculté.

Même sur le panneau d'information que nous venons de dépasser, planté à l'entrée du parc et où ne figurent que quelques renseignements très factuels, on n'omet pas de mentionner son atmosphère. Et en effet, bien que je ne la trouve ni « mystérieuse » comme le voudrait le panneau ni « romantique » comme le voudrait le site Internet de la mairie de Vincennes, je ne peux nier y être sensible. Il me semble qu'elle tient d'abord à une qualité singulière de silence. Alors que nous nous engageons dans la première allée qui s'ouvre sur notre droite, juste avant la porte chinoise, pour ne pas couper le jardin en deux mais tenter d'en faire le tour, les bruits de la route proche ne nous parviennent déjà plus. La végétation est dense. Elle est entretenue, mais l'épaisseur des taillis n'est pas éclaircie. Dans ses profondeurs gisent des branches ou des troncs cassés par quelque tempête ancienne. Taillée de chaque côté du chemin, la forêt forme un couloir de verdure impénétrable, qui guide les pas et les perd dans le même mouvement, comme les labyrinthes de buis. On ne voit bientôt plus la porte derrière nous, alors qu'on n'a progressé que de quelques dizaines de mètres, car le chemin tourne.

S'ouvre alors sous nos pas, inattendue, une sorte de clairière minuscule, ronde, plantée d'herbe et de mousse d'ombre. On dirait un rendez-vous de lutins. En demi-cercle, quatre statues de pierre à taille humaine semblent tenir conseil, debout, s'appuyant contre un rocher ou jetées à terre, cassées par endroits. Leur pierre blanche est devenue grise, tachée de lichens rampant dans ses fissures, de feuilles mortes dans ses creux. Ce sont des ruines. Il leur manque une tête, un bras, le bout d'un nez. Ce sont pour l'essentiel des figures féminines, dans un décor qui apparaît parfois, accompagnées de fruits, d'animaux. Elles sont de facture identique, peut-être qu'elles formaient un ensemble. Je vais de l'une à l'autre, sans trop parvenir à me figurer comment tout cela pouvait bien s'agencer.

Elles ne sont pas d'une beauté fascinante, tant s'en faut, mais leur présence intrigue, et aussi l'état d'abandon relatif dans lequel on les a laissées. Quelqu'un a pris la peine de rassembler ces statues de pierre abîmées par le temps. Il les a réunies ici, dans cette clairière. Peut-être a-t-il même réaménagé la clairière pour l'occasion. Il les a posées là exprès, avec le plus grand soin et cependant, il n'a pas jugé utile de reformer l'ensemble à présent morcelé que les statues devaient dessiner – si ça se trouve il y en avait bien d'autres encore. Il les a simplement posées là, de la plus grande à la plus couchée.

« Elle est belle, la France ! me lance, goguenard et provocateur, mon jeune ami en blue jean et baskets, dans un accent qu'il n'a jamais dû avoir et qui date d'une époque du cinéma qu'il n'a pas connue.

— Vous dites ça à cause de leur état ? En même temps, ce ne sont peut-être pas des pièces de musée.

— Je dis ça parce que c'est la France. Regardez, la première, la plus haute, avec sa robe simple et drapée, ses mèches à la fois sages et légèrement ondulées, assise bien cambrée, la poitrine en avant mais couverte d'un chemisier, le nez droit, les sourcils symétriques, le front ceint d'une couronne de laurier : c'est la France impériale, victorieuse. À côté d'elle, la statue qui ressemble à un rocher, c'était son piédestal.

— On y voit un coq qui se pavane en bombant le torse, vous avez raison.

— On y voit surtout sa position. Juchée là-haut, elle devait dominer ses colonies et leurs richesses, les protégeant aussi, comme il se doit, de la cape qu'elle ouvre. Il faut imaginer les autres statues à ses pieds. Ces deux-là peut-être de chaque côté, la jolie Antillaise, dans l'ombre des érables, avec son petit chapeau, et la Tonkinoise heureusement retournée, celle dont vous avez caressé les fesses en passant, tout à l'heure.

— Je ne lui ai pas caressé les fesses.

— C'est vous qui le dites. Ce sont les fesses de l'Asie. L'Asie et l'Afrique, comme les éléphants du palais des Colonies.

— De jolis éléphants.

— Il faudrait remonter la statue, la présenter dans son ensemble. »

Il fronce de nouveau les sourcils.

« Tout le jardin est comme ça ? demandé-je.

— Des ruines. Mais des ruines étranges, qui sont à la fois dignes d'être conservées, mais ni rénovées ni expliquées au promeneur. Des ruines qui ne sont dignes d'être conservées qu'à l'état de ruines.

— C'est peut-être cela qui donne son atmosphère au jardin.

— Je ne suis pas d'accord. Vous vous souvenez de la statue de la porte Dorée ? C'était déjà la France, avec une victoire ailée et un casque gaulois. Si on la retournait vers le bois, et qu'on remontait celle-ci, on serait sur le point de faire quelque chose d'intéressant, on commencerait à construire une sorte de parcours.

— Un parcours ?

— Et pourquoi pas ? Du palais des Colonies jusqu'ici, on ferait un peu ce que nous faisons aujourd'hui. On se promènerait dans l'histoire coloniale de la France.

— Vraiment ? Vous remontez la statue, et après ? Vous vous arrêtez où ? Vous reconstruisez les bâtiments de 1931, avec du bon béton d'aujourd'hui, comme les archéologues en Crète avec le palais du roi Minos ?

— Et pourquoi pas ? On aurait peut-être un peu honte de ce qu'on verrait alors.

— Oh, vous seriez déçu. L'imagerie Banania, on peut toujours la reproduire, en faisant semblant de croire que son racisme flagrant choque le bourgeois. Mais en fait, le scandale ne vient pas. Le bourgeois trouve ça plutôt décoratif. Avec une distance ironique, bien sûr, un sourire entendu, mais enfin les plaques émaillées s'échangent en milliers d'euros à Vanves, et elles trônent dans de très belles cuisines. »

Je suis sûr qu'il sait que j'ai raison. Que notre modernité cynique sait mieux qu'aucune autre faire flèche de tout bois, surtout s'il y a quelque chose à vendre. C'est, dans un certain sens, une époque alchimique. Pendant que n'importe quelle boue se transforme en or, la poésie de la révolution ne semble plus qu'un écho du passé, allant toujours s'atténuant.

Et cependant il y a quelque chose de doux et de bon à cette clairière imprévue, à ces pierres de statues à terre, à cette histoire inachevée et qui demeure en friche.

Nous nous approchons d'elles. De l'ongle je gratte un peu la mousse. Observant la scène d'un autre point de vue, depuis les statues elles-mêmes en quelque sorte, je me demande ce qu'il y a de si intrigant dans cet ensemble en ruines, pourquoi donc il dégage, à l'entrée du jardin, une atmosphère si particulière. À côté de moi, l'Asiatique en pierre grise s'élance vers le ciel pour jeter je ne sais quoi, des fruits qu'elle puise peut-être dans le panier, large et rond, que soutient un homme souriant, plus habillé qu'elle. À l'origine elle devait les porter sans doute aux pieds de la grosse dame en chemisier et en cape, un peu compassée malgré ses vêtements simples, un peu sévère, les lèvres minces, la France, mais la France n'est plus là. Elle est à quelques mètres. Elle est descendue de son piédestal. Elle est sans son coq, et sans le soutien des autres figures. Elle est simplement assise, au même niveau que les autres. Telle qu'on les a disposées, elle les regarde. Sa sévérité est devenue une sorte de sidération. Elle observe, pétrifiée, la jeune Asie aux cheveux dénoués et lisses lancer des fruits vers le ciel.

Elle m'observe lui caresser les fesses et rire de notre blague avec mon jeune ami. Elle nous regarde nous asseoir aux pieds de celle qui est couchée, la dernière du lot. Elle est nue, celle-là, même pas de jupe ou de pagne.

Elle a de très beaux seins ronds, pas assez gros pour rouler et s'écraser l'un sur l'autre : elle triche bien sûr, parce qu'ils sont en pierre, mais ses seins tiennent très bien dans la position où on l'a couchée, ils restent ronds et fermes, et défient la pesanteur avec provocation. Sans doute n'était-elle pas couchée, dans la statue originelle de Jean-Baptiste Belloc, le sculpteur officiel du ministère des

Colonies de l'époque. Sur sa gorge reposent plusieurs rangs de perles. Elle a la taille et les bras fins, mais il n'y a rien de saillant dans son corps, aucun angle, aucune arête, comme si elle avait été coulée et non sculptée dans quelque matière fluide, sur le modèle d'un boa ou d'une sirène. Pas de hanches, pas de clavicules mais, des épaules aux cuisses, une courbe douce, harmonieuse, une courbe nonchalante. Ses jambes croisées réduisent son sexe lui-même à un triangle discret, un simple creux dans lequel de petites feuilles mortes sont venues nicher comme des oisillons.

Elle est sans tête.

Décapitée, son cou tranché net : facettes de pierre taillée comme des silex.

Nous sommes assis à ses pieds, le long de ses longues jambes de boa ou de sirène. Je pourrais m'accouder sur sa hanche et la transformer définitivement en fauteuil.

« Elle est de quelle couleur ? » me demande mon jeune acolyte avec un air fin.

Je la regarde de nouveau.

« Grise. On dirait du ciment.

— Je ne parle pas de ça. Elle est de quelle couleur de peau, la femme qui est représentée ? »

Je l'observe. Il est évident, malgré la pierre et malgré son corps qui n'est qu'un corps après tout, des bras, des jambes, des épaules rondes, des poignets fins, un ventre doux, des seins comme des oranges, malgré les rangs de perles, malgré l'absence de tête, il est évident qu'elle est noire, on ne saurait pas se tromper. C'est l'Afrique sensuelle et décapitée qui s'allonge et fait un rêve.

*
* *

Ce groupe sculpté à la gloire de l'Empire n'a atterri ici qu'à force de ne pas trouver sa place. Eugène Étienne, le député qui présidait à la Chambre le groupe du « parti colonial », voulait l'ériger sur l'avenue Rapp, derrière l'endroit où se trouve aujourd'hui le Musée du quai Branly, mais il semble qu'il n'y ait jamais été installé. Mon guide connaît bien cette histoire.

« On l'a déplacé plusieurs fois. Il a d'abord pris ses quartiers devant le palais des Colonies, avant d'être remplacé par le monument à Marchand. Puis il a trouvé refuge devant le château de Vincennes. Enfin ici, dans le jardin de l'aventureux Dybowski, qui était déjà devenu une sorte de réserve, vous savez, ce purgatoire des objets, entre le musée et la poubelle, une réserve pour tout ce qui touchait à ce passé colonial dont on ne savait déjà plus trop quoi faire. Un gardien ou un fonctionnaire du Muséum aura fini par en rassembler les morceaux ici.

— On n'aurait pas su mieux faire.

— Que voulez-vous dire ?

— Ce que je dis. Qu'à mon avis il n'y a pas de meilleur endroit, ni de meilleure disposition. Vous êtes déjà allé à New York ? Lorsque le concours d'architecture a été lancé, pour savoir ce qu'ils allaient faire du site de Ground Zero, il y avait des projets dans tous les sens, tous guidés par de bonnes intentions j'imagine. Certains voulaient reconstruire à l'identique, en forme d'hommage, les deux tours jumelles, mais on objectait que c'était morbide. Il y avait des projets pharaoniques, avec des tours encore plus hautes, encore plus dominatrices, mais on leur reprochait d'effacer le crime. C'est compliqué de faire de la place à la douleur, quand on ne veut pas du rôle de la victime. Les familles, constituées en associations, militaient pour que le projet, quel qu'il fût, fît la part belle au mémorial. Un cabinet avait même dessiné un jardin. Et bien évidemment pendant qu'on parlait de construire un mémorial ou une réparation, le traumatisme, la douleur, on les avait sous les yeux : c'était Ground Zero, le cratère lui-même. C'était un trou, une pure béance, sur ses parois on devinait encore les étages de parkings, les tunnels du métro, comme une vue en coupe du sous-sol de la ville, c'était un gouffre qui semblait ne pas avoir de fond, qui s'enfonçait dans la terre sous Manhattan éventré et plongeait droit vers les Enfers. Les tours s'étaient retournées comme un gant et nous montraient l'envers du monde.

« Ça a duré presque dix ans. Ce lieu, Ground Zero, a été l'épicentre d'un cataclysme qui s'est propagé à toute la planète. Et en même temps il n'était rien. Il n'était plus le World Trade Center et pas encore la tour à venir. Un trou, c'est une empreinte. À la fois une trace et un manque.

« Libeskind, l'architecte qui a gagné le concours, il avait compris ça je crois. La tour, n'importe qui aurait pu la faire. Le mémorial, c'est un petit musée didactique avec de belles et grandes photos de pompiers et de cendres. Mais il a réussi à conserver quelque chose de ce manque que, finalement, dans cent ans plus personne n'aura connu. À l'emplacement des deux tours jumelles qui s'étaient désintégrées en s'enfonçant dans le sol ce jour-là, il a fait creuser deux bassins, de la dimension exacte des tours, en pierre noire et lisse. Un rideau d'eau coule en permanence le long des parois, comme pour essayer de laver sans y parvenir un crime dont je me dis parfois que Dieu lui-même ne le pardonnera pas, parce qu'il a été commis en son nom. On s'approche. Sur les bords du bassin sont gravés les noms, c'est un gigantesque monument aux morts. On se penche. Et tout à coup, c'est là, le vertige, l'abîme : au centre de chacun des bassins profonds, un second puits de section carrée s'enfonce dans la terre, dont on ne peut deviner le fond. Les tours sont là, et la douleur, et le mal infini de la mort, sculptés dans un bloc de vide, à couper le souffle. C'est magnifique. Et c'est exactement cela, la mémoire.

— Vous dites ça parce que vous êtes écrivain.

— Non, je dis ça parce que nous avons affaire à des vestiges d'un nouveau genre, que l'histoire ne peut pas réduire à une archive ou une note en bas de page. Ce ne sont pas les vestiges des Romains ou des Incas, ici, les restes rassurants des civilisations qui seraient mortes pour donner naissance à la nôtre. Ce sont nos propres ruines, cette statue à la gloire de l'Empire, comme Ground Zero, comme la tour Murr à Beyrouth ou la gare centrale du Michigan, à Detroit. Ce sont nos ruines et nos regrets. Ces bouts de pierres cassées, c'est la contemplation de nos pauvres traces à peine formées. Ce vide, là où la statue est décapitée, c'est notre mort déjà inscrite. C'est pour cela que l'histoire de notre temps, lorsque nous l'écrivons, semble à peine avoir eu lieu, et qu'elle a pourtant cet arrière-goût de poussière. Pour nos générations, la vôtre comme la mienne, tout s'est passé trop vite. Tout est déjà fini. Comme un déclin bizarre, qui ne suivrait aucun véritable apogée. »

Mort de Dybowski

Thadée mourut quelques années après la Première Guerre mondiale, attristé et aigri, laissant sur Terre une empreinte légère – quelques livres à peine et deux noms de plantes : une espèce de caféier, le *Coffea Dybowskii*, et l'*Elaeis Dybowskii*, qui est un palmier à huile.

Et le jardin aussi, bien sûr. Et, dans ce jardin, une école d'agriculture coloniale, qu'il avait également créée sous le titre flatteur d'école nationale supérieure. Mais, dès avant la guerre, il avait été renvoyé de la direction des deux établissements. Trop rétif à l'autorité, Dybowski, et trop autoritaire en même temps, cela va parfois ensemble. Les responsables du Muséum d'histoire naturelle et ceux du ministère de l'Instruction publique ne lui avaient pas pardonné les méthodes de flibustier qu'il avait employées pour obtenir l'indépendance de son petit territoire. Ils avaient eu sa tête. Le ministère des Colonies, auquel Dybowski avait réussi à rattacher son jardin et son école, n'a pas fait grand-chose pour le défendre. À sa place, on a installé un individu plus arrangeant, qui a sans doute fait le bon travail qu'on attendait de lui.

Alors, il continue à donner des cours et des conférences sur l'amélioration des cultures coloniales. C'est l'affaire de toute sa vie. Il a toujours cette robuste constitution, cette haute taille, cette élégance, ce bagout qui lui ont tant servi par le passé. Mais il est mis à l'écart et il ne l'accepte pas. Il s'aigrit, s'enferme sur lui-même. Ses qualités se transforment en défauts. Il est cet homme âgé et dur qui a toujours raison, qui méprise ceux qui ont pris sa place et le contestent maintenant, car il n'est pas non plus un agronome très capable – en tout cas par rapport à ceux de la nouvelle génération.

Deux de ses enfants sont morts de la grippe espagnole. Son fils aîné tente de devenir agronome, comme lui, mais il échoue et finit sa vie professionnelle en fabriquant des automobiles. Avec lui, Dybowski aura pourtant tenté d'acclimater les chinchillas à l'Île-de-France. Tous deux auront fondé un élevage à Mandres-les-roses. C'est la mode des lapins à fourrures, dont on fait des manteaux. Dybowski leur consacre son dernier livre. L'explorateur de l'Oubangui est devenu cuniculiculteur dans les alentours de Paris.

Après tout, Sherlock Holmes a fini par élever des abeilles, et les derniers travaux de Charles Darwin portaient bien sur les vers de terre.

Il meurt terrassé par un infarctus, trois ans avant l'ouverture de l'Exposition coloniale de 1931. On l'inhume à Nogent, pas très loin du jardin qu'il avait créé et qui ne s'appellera sans doute jamais le jardin Jean-Thadée-Dybowski.

Le nom des morts

On a toujours des problèmes avec les mots. On croit savoir ce qu'on pense, et dès qu'on l'exprime on fourche, on se retrouve à devoir deviner ce qu'on a voulu dire. Attentat après attentat, il est de plus en plus difficile de savoir exactement ce qu'on a voulu dire.

On aurait peut-être dû rester là-bas, silencieux, auprès de la statue de l'Afrique rêveuse et nue.

« La beauté de ces modestes statues de jolies femmes est émouvante.

— L'érotisation de l'étrangère a toujours fait partie de la stratégie d'appropriation.

— Eh, *Les Mille et Une Nuits*, c'était quand même avant *Salammbô*. Et si j'en crois ce qu'on m'a dit, on pourrait presque prétendre que les poètes arabes ont inventé la beauté du corps féminin, bien avant Pétrarque. Même Khomeiny en a écrit, des poèmes, sur le désir et sur l'ivresse.

— Vous pouvez toujours vous moquer, monsieur, vous savez aussi bien que moi que de les représenter nues, comme ça, c'est une façon de les rapprocher de la nature, de dire qu'elles appartiennent au monde sauvage.

— Je ne pensais pas à elles à vrai dire. Je pensais à aujourd'hui, à notre époque étrange. Je pensais à toutes les femmes qui ont pris le voile, comme on le disait des nonnes qui renonçaient au monde – c'est une drôle de mode tout de même, et qui est venue d'où ? D'Afghanistan ? Du Golfe ? De quelle guerre ? Je pensais à elles. Aux femmes, qui continuent de faire les frais des fantasmes et des fanatismes. Qu'on les dénude ou qu'on les voile, dans le fond…

— Mais elles n'ont pas été sculptées aujourd'hui, voyons !

— Je sais, je sais bien que vous avez raison, mais voyez à quoi nous en sommes réduits, aujourd'hui. Les époques se télescopent, parce que nous sommes forcément de notre temps, nous ne pouvons pas l'oublier, ni le laisser simplement à la porte de notre étude.

— Ça pourrait marcher dans l'autre sens. On pourrait fouiller dans le passé colonial pour expliquer les extrémismes d'aujourd'hui.

— Et en faire des victimes ? Mais les prêches, tellement bêtes qu'ils devraient nous faire hurler de rire, si la terreur ne nous enlevait le sens du ridicule ; les imams qui excusent le terrorisme en parlant de l'impérialisme occidental ; sérieusement, tous ces types recrutés dans les égouts de la pensée religieuse la plus primitive, payés, comme les travaux de rénovation des mosquées, par des États qui achètent ainsi, chez eux, le soutien précaire de la secte la plus bête du monde en l'aidant à s'implanter ailleurs, tous ces gens-là sont-ils des victimes ? Toute cette merde qu'ils ont dans la tête – excusez-moi, il n'y a pas d'autre mot – toute cette merde ils l'ont bien inventée tout seuls.

— Quelle diatribe, monsieur ! Mais ne vous inquiétez pas. L'État a déjà fait fermer un certain nombre de mosquées, par simple décision administrative, sans autre forme de procès, comme il aurait fait fermer des bordels.

— Évidemment, dit comme ça…

— Les discours, monsieur, les prêches que vous dénoncez, ceux que l'on appelle salafistes, ils avancent pourtant bien avec l'argent du pétrole sur lequel nous avons fondé notre puissance industrielle. Ils avancent avec la mondialisation d'une langue arabe religieuse et globalisée, résumée dans quelques formules de prière ou de politesse, aussi pauvre que l'anglais du commerce international. Ils avancent sur Internet où les espaces de parole ne peuvent se fermer sur décision administrative. Ils se gonflent de sourates sans signification, débarrassées de siècles de commentaires qui les rendaient intelligibles, répétées en boucle comme on retweete un message, ce sont des sourates de cent quarante signes. Leurs auteurs sont communautaristes comme le sont par essence les réseaux sociaux. Ils ont adopté tous les codes de la modernité. En fait, leur bêtise elle-même est la preuve définitive de leur extrême modernité.

— Quelle tirade !

— Vous voyez, monsieur, moi je pense que nous les avons enfantés. Non pas par réaction. Par leur intégration à notre monde. Peut-être même que c'est nous qui vivons dans le leur. Un monde où l'argent est roi, où le pouvoir est brutal et arbitraire, où l'histoire et la culture n'existent pas hors d'un passé immémorial et mythique. Les salafs et les Gaulois. Un monde de terreur, constamment au bord de la guerre.

— Avouez que ça pose problème, tout de même.

— Ça, oui, le monde a un gros problème, on dirait. Et vous aussi, monsieur. Il va falloir savoir en dire quelque chose. Je n'aimerais pas être à votre place.

— C'est un problème politique, de savoir quoi dire. Pas pour des hommes ou des femmes politiques mais pour des artistes, pour des gens dont le métier consiste à donner forme au chaos du monde. C'est un combat contre lui, dans le chaos et avec ses mots, ses images de violence, dans le monde et contre lui. Allez donc voir à la Cartoucherie, comment Ariane Mnouchkine se débrouille du fanatisme.

— Ce doit être un casse-tête, pour un écrivain nanti comme vous. Comment être de gauche sans défendre les musulmans qui sont si souvent des victimes, de la bande de Gaza aux barres de Bondy ?

— Il y a des situations, c'est vrai. Il y a des circonstances historiques. Mais il y a des principes, aussi. Comment être de gauche sans défendre l'égalité des femmes et des hommes, sans défendre la liberté, les droits individuels, les minorités, les homosexuels ? L'athéisme. Le blasphème.

— Ça va être difficile, on dirait.

— Oui. Il va falloir être de gauche, quand même. »

*

* *

Nous avançons en silence. Au-delà de la statue brisée et morcelée de la France impériale, nous entrons dans la partie ouest du jardin – bizarrement celle qui est consacrée à l'Asie ou, plutôt, aux possessions coloniales de la France en Asie. Le promeneur y tombe tout d'abord nez à nez avec un de ces monuments aux morts de la guerre de 14-18, comme on en voit partout, sur toutes les places de France. Celui-ci, pourtant, n'est pas tout à fait du modèle standard – poilu en bichromie rouge et bleue, surmonté d'une croix. Il se présente plutôt comme une sorte de piédestal à étages dont le rez-de-chaussée serait un caveau pour nains, une stèle en guise de porte, puis s'élevant par degrés, coiffé finalement d'une grosse cloche et, à cinq ou six mètres de haut, une flèche ou une flamme qui ressemble à vrai dire, flèche ou flamme, à une foreuse ou peut-être à un roudoudou pointu. Il est à la fois drôlement phallique, étrangement orné, et excessivement géométrique. Il est dédié aux Cambodgiens et Laotiens morts pour la France. Mon ami reprend sa bonne figure de savant et, d'une phrase, m'explique que cela s'appelle un *Phnom*.

De l'autre côté, après le pont tonkinois, voici donc un autre *Phnom* alors : aux Vietnamiens, cette fois. Et puis encore un autre, dédié aux seuls Indochinois chrétiens. C'est un peu troublant bien sûr, parce que le Viêt Nam est justement le nom de l'État né et proclamé, au lendemain de la guerre, pour déclarer sa propre indépendance et, à part les royaumes du Cambodge et du Laos, réunifier l'Indochine orientale que mes parents appelaient le Tonkin, l'Annam et la Cochinchine. En fait tous ces noms ont coexisté, y compris le Viêt Nam. On disait aussi « la perle de l'Asie ». Sur les documents de l'Association des anciens et amis de l'Indochine, qui organise des commémorations du souvenir, les Indochinois chrétiens sont par exemple devenus des Vietnamiens catholiques.

Je les confonds un peu. Le Cambodge, l'Indochine, le Viêt Nam, ce sont des souvenirs d'enfance un peu lointains. Et puis je n'y suis jamais allé. Pour les gens de ma génération, leur nom est à la fois le nom d'un pays et celui d'une guerre.

Ailleurs, dans le côté africain du jardin, nous voyons un monument aux soldats noirs. Puis un autre, aux soldats coloniaux. Et un dernier, un peu avant de partir, aux soldats de Madagascar, surmonté d'un aigle serpentaire – *eutriorchis astur*. J'imagine qu'il aurait pu y en avoir d'autres, des monuments.

Je pense à ce texte où Borges cite « une certaine encyclopédie chinoise » selon laquelle « les animaux se divisent en : a) appartenant à l'empereur, b) embaumés, c) apprivoisés, d) cochons de lait, e) sirènes, f) fabuleux, g) chiens en liberté, h) inclus dans la présente classification, i) qui s'agitent comme des fous, j) innombrables, k) dessinés avec un pinceau très fin en poils de chameau, l) *et caetera*, m) qui viennent de casser la cruche, n) qui de loin semblent des mouches ». Michel Foucault assurait qu'il avait eu l'idée des *Mots et les Choses* en riant devant ce texte de Borges. Il aurait pu tout aussi bien venir rire dans le jardin des colonies.

Il y aurait vu les combattants indigènes des colonies se partageant en Cambodgiens, Laotiens, Vietnamiens, Indochinois chrétiens, coloniaux, Malgaches, Noirs. Il aurait pu y rire aussi, le philosophe, connaissant l'émerveillement de la taxinomie.

La mosquée fantôme

Comme ce jardin est décidément étrange ! Revenant sur nos pas nous laissons de nouveau derrière nous le silence des statues à la gloire de l'Empire et leur clairière de cour féerique. Loin de la grandiloquence solennelle des monuments aux morts de tout poil, si je puis dire, nous tombons sur une curieuse stèle. Je ne l'aurais même pas remarquée sans mon acolyte. Elle est cachée sous le couvert des arbres, dans une niche de lierre, enfoncée mollement dans un parterre d'herbes folles et de feuilles mortes qui cherchent à lui grimper dessus. C'est un cube de pierre grise qui a dû être plus clair un jour, bien qu'il ne soit finalement pas si vieux. Peut-être a-t-il été pris d'un bâtiment aujourd'hui disparu. La stèle y est fixée par quatre vis, c'est une plaque commémorative. Mon jeune spécialiste est en train de danser d'un pied sur l'autre, en tournant autour du cube. Il cherche dans sa sacoche les reproductions de cartes postales qu'il compte me montrer. Je m'approche et, comme il m'y invite, je déchiffre les inscriptions gravées sur la plaque. « Hôpital du jardin colonial », peut-on y lire. Et, en dessous, comme si cela coulait de source, « Mosquée ». En effet, le dessin de coupe qui accompagne l'inscription, à la manière d'un dessin d'architecte auquel il ne manque que les cotes, est bien un profil de mosquée. Le minaret, qui s'élève comme la flèche d'une tour de château dans la Forêt-Noire, mais surmonté d'un croissant, est suivi d'un corps de bâtiment crénelé avec un petit donjon – le dôme, en son centre, le tout exactement aussi long que la tour est haute, découpé en tiers strictement symétriques. Les fenêtres qui percent la tour et le bâtiment, entourant, au niveau du sol, une grande porte ornée à double battant, prennent la forme non d'ogives mais d'arcs outrepassés. Ils sont orientaux par leur forme autant que par leur géométrie régulière, comme une frise sur une mosaïque. Le résultat étonnant est un édifice qui tient à la fois de la chapelle romane et du palais des *Mille et Une Nuits*. Une mosquée, donc. La première érigée en France, paraît-il.

« Enfin, évidemment ce n'est pas la première. Il y a eu des mosquées dès qu'il y a eu des musulmans. Mais c'est la première voulue et érigée sur ordre de l'État. Même si, aujourd'hui, si vous cherchez sur Internet, on vous dira que c'est la Grande Mosquée de Paris, la première. Officiellement.

— Et qui a raison ?

— Oh, celle-ci a été érigée avant celle de Paris bien sûr. Seulement, comme elle n'existe plus, on préfère dire que c'est la Grande Mosquée la première. Ce n'est même pas indiqué sur la plaque commémorative. Vous imaginez ? La première mosquée de France a été érigée puis abandonnée, et finalement détruite ici ?

— Mais c'était une mosquée ou un hôpital ?

— Il y avait les deux. Ça date de la Première Guerre mondiale. Tout a commencé avec l'hôpital en 1915. On avait installé ici une des deux annexes de l'hôpital canadien de Nogent, qui fut bien vite destinée…

— … Aux coloniaux, c'est ça ? Aux tirailleurs des quatre coins de l'Empire ?

— Exactement. Vous voyez, tout marche comme ça, ici. Les bâtiments, les vestiges, les stèles et les monuments. Grâce aux extensions acquises par votre Dybowski, et au fait qu'une des tutelles fut le ministère des Colonies, le jardin est devenu comme la remise de l'empire.

— Mais la mosquée ?

— Oh, on avait déjà envisagé de construire une mosquée parisienne sous le Second Empire, à l'époque où Napoléon III parlait de son "royaume arabe". Celle-là n'aura été finalement qu'une sorte de brouillon ou un acompte si vous préférez, une réalisation éphémère en attendant la vraie, pour laquelle on n'était pas encore tout à fait prêt. C'est la guerre qui a tout précipité. Il fallait bien reconnaître l'effort de guerre des régiments coloniaux. Tout a commencé avec l'hôpital... »

Et il me tend dans des feuillets plastifiés des reproductions de cartes postales jaunies sur lesquelles on voit Raymond Poincaré ou Gaston Doumergue remettre des médailles à des soldats estropiés. On voit des bonnes sœurs en voile blanc et un médecin en blouse dans les allées d'un hangar ou d'un baraquement où sont alignés des lits bien rangés. On voit des soldats, en uniformes qu'on devine bigarrés, jouer aux boules. Ils ont des chapeaux ronds et un peu coniques qu'on appelle fez et des capes en drap de laine, des pantalons bouffants et, contrairement à ceux du monument à Marchand, ils sont chaussés jusqu'à mi-mollet par des godillots et des bandes molletières.

Les collections sont déménagées pour faire de la place et des lits pour les blessés. Les plantations du jardin d'essais se transforment en potager pour les nourrir.

Il y a plusieurs bâtiments, des cantines et même une salle de cinéma. Et, bientôt, trois cents lits.

Et donc, une mosquée.

*

* *

« Il n'en reste que cette plaque sibylline, au milieu de la végétation. C'est difficile d'imaginer tout cela aujourd'hui, n'est-ce pas ?

— Je dois admettre que, malgré les petits écriteaux qui expliquent çà et là d'où proviennent les différents bâtiments... C'est qu'il faudrait les mettre là où il n'y a plus de place, à cause des arbres...

— Vous vous moquiez quand je vous disais tout à l'heure qu'il faudrait reconstruire une partie du jardin, en faire une sorte de parcours sur les traces de l'Empire. Mais ce ne serait pas seulement pour scandaliser le bourgeois, monsieur, comme vous dites. C'est aussi parce que tout cela s'abîme, tombe en ruines. C'est affligeant. Les statues, vous pouvez les trouver jolies comme ça, n'empêche que le paysage qu'on a sous les yeux ne dit plus rien, ou pas grand-chose, de ce qui fut.

— Au moins, cela évite de dire des bêtises.

— Mais cela envoie aussi un très mauvais signal. Quoi ? Les gens ne seraient pas d'accord ?

— Eh bien, franchement, ce n'est pas à vous que je vais l'apprendre, mais du Front national aux Indigènes de la République, on entend surtout des conneries, non ?

— Cependant la plupart des historiens savent à quoi s'en tenir, quant à l'histoire de la colonisation. Ce n'est pas comme si cela faisait l'objet d'un débat savant. Mais le grand public, c'est-à-dire le public des promeneurs précisément, ceux qui pourraient venir ici, eh bien on ne lui en dit rien. Pire, on laisse les vestiges tomber en ruines comme si on ne savait pas quoi en dire. Comme si cette période demeurait taboue. Les Belges sont bien plus forts que nous sur ce point. Ils l'ont, eux, leur musée de l'Empire. Et qu'est-ce qu'on a, nous ?

— On a le Quai-Branly.

— Super ! Alors on range tout ça pêle-mêle sur de grands murs tendus de noir au Quai-Branly, comme si ça surgissait du néant originel, on supprime tout le discours qui pourrait accompagner chaque objet, on transforme tout ça en art, et hop ! au passage on a escamoté l'histoire. Vous imaginez une seconde, à Dresde, un musée sur les bombardements américains sans aucun discours sur le nazisme ? Vous trouveriez ça normal ?

— En attendant ils sont là vos vestiges. Cela fait tout de même un lieu de promenade.

— Ça pourrait être tellement plus. Je ne parle pas seulement de redorer ces vestiges comme on l'a fait pour la statue de Jeanne d'Arc, ou de leur redonner une place dans notre mémoire, mais de les réagencer, de leur donner du sens. »

Et le voilà qui me désigne les sous-bois derrière le cube en pierre, m'invitant à pénétrer dans un rêve de mosquée blanche aux murs ornés de tapis prêtés par le Louvre des antiquaires. Au plafond sont suspendues des lanternes fabuleuses venues de Tunisie – on dit que l'une d'entre elles aurait autrefois appartenu à la collection personnelle du maréchal Lyautey. Le sol est tapissé de nattes d'Algérie. Le tout est rigoureusement orienté sud-sud-est, un peu en biais par rapport aux autres bâtiments qu'on aperçoit, plus loin. En contrebas une allée plantée de palmiers conduit à un large bâtiment aux allures de grand hôtel, le pavillon du Maroc, où l'on a recréé par des boiseries et des stucs une apparence de luxe digne du Royal Mansour. On attend l'ouverture d'une exposition sur l'artisanat des zelliges. Un kiosque à musique diffuse par haut-parleurs une mélopée traditionnelle.

Des gens passent, tenant leurs enfants par la main. Il y a des sorbets.

« Ça aurait de la gueule, non ?

— Oui, mais tout cela serait faux, jeune homme. Ce qui est vrai, ce sont les vestiges, les ruines, la végétation qui repousse. Si vous reconstruisez, vous faites un genre de parc à thème.

— Et après ? À l'époque aussi c'était un parc à thème. »

Les pièces montées

Peut-être que tout a commencé à Londres, en 1851. Londres était alors le nombril du monde, la capitale de la plus grande puissance de l'époque. Sur les pelouses de Hyde Park, on avait bâti un édifice spectaculaire, de verre et d'acier, qu'on n'avait pas appelé le « Palais de verre et d'acier », bien sûr, mais le Palais de cristal – car le cristal, c'est quelque chose. La nouveauté, pour se faire connaître, s'est toujours vêtue des oripeaux du luxe ancien.

Dans ce prétendu Palais de cristal on avait rassemblé les productions des nations du monde entier. À l'entrée, un énorme bloc de charbon de vingt-quatre tonnes éclipsait presque la statue géante de Richard Cœur de Lion. À l'intérieur, des milliers d'exposants présentaient des centaines de milliers d'objets de toutes sortes, notamment ces matières premières que l'Angleterre, atelier du monde, transformait quotidiennement en millions de produits manufacturés.

La révolution n'effrayait même plus. En 1848, le continent européen avait connu d'innombrables soulèvements armés. De vieux rois, de vieux empereurs, de vieux ministres avaient été balayés. On avait proclamé des républiques. Descendant des barricades, les combattants avaient donné un sens inouï au mot de fraternité. On avait rêvé un autre monde. Puis les choses étaient rentrées dans l'ordre, comme quelques jours après l'orage une rivière rentre dans son lit. Et dans ce lit on avait cessé de rêver. Alors l'année 1851 s'était s'épanouie, d'abord à Londres, sur les pelouses de Hyde Park, sous les immenses voûtes lumineuses du spectaculaire Palais de cristal, puis à Paris, dans l'indifférence du faubourg Saint-Antoine, avec le coup d'État de Louis-Napoléon Bonaparte.

L'architecte du Palais de cristal s'appelait Joseph Paxton. En réalité, il n'était pas du tout architecte. Il était, comme Thadée, jardinier et agronome. Il avait produit les plus beaux melons d'Angleterre, publié des livres de jardinage, dessiné le premier parc municipal du monde – et, donc, ce Palais de cristal qui au fond n'était qu'une gigantesque serre.

Ceux qui connaissent cette histoire ne peuvent qu'y penser en pénétrant dans le jardin colonial du bois de Vincennes. La Grande Exposition de Londres a été le modèle de toutes les autres. Il y en avait eu avant, bien sûr, elle n'était pas la première, deux ans plus tôt sur les Champs-Élysées par exemple on trouvait déjà des denrées coloniales. Mais celle de 1851 à Londres, grosse entreprise tout à fait neuve, on disait que le monde entier s'y était donné rendez-vous. D'accord, c'était un peu faux, ce monde était surtout britannique. Mais enfin à cette époque le monde britannique faisait tout de même un très gros morceau de monde – les Indes, le Canada, l'Australie, la Nouvelle-Zélande, l'Afrique du Sud… Et puis il y avait une telle foule, sous le ciel pluvieux de Londres, le jour de l'inauguration. Des dizaines de milliers d'individus, déambulant pacifiquement, sans occasionner le moindre trouble à l'ordre public. Des hommes, des femmes et des enfants, qui venaient s'amuser et découvrir le monde, à deux pas de chez eux, sans aucune arrière-pensée de révolution. Du mouvement, mais pas d'action ; quelque chose de joyeux, de fier et de vain : on entrait dans l'âge de l'*entertainment*.

Ça ne s'arrêta plus. Des expositions, on en fit un peu partout dans le monde, surtout en Europe, attirant chaque fois plus de visiteurs dans les grandes villes, essaimant en une multitude plus modeste dans les petites villes – tous les conseils municipaux voulaient la leur. À Paris, on en fit une magnifique pour le centenaire de la Révolution en 1889. On en fit une autre, plus grande encore, en 1900, pour fêter le changement de siècle. Le somptueux Palais de l'électricité, qui en constituait le *clou*, n'a évidemment pas été conservé, pas plus que le Palais de cristal de 1851 ou que la reproduction du temple d'Angkor-Vat à l'Exposition coloniale de 1931.

Ces fêtes ne duraient que quelques semaines – quelques mois pour les plus importantes. En théorie elles ne signifiaient rien par elles-mêmes. Elles étaient au service de ce qu'elles prétendaient fêter, à l'image de nos anniversaires dont il ne reste, le lendemain, que les miettes du repas et quelques photographies. Les bâtiments des expositions étaient un peu comme ces gâteaux à étages qu'on appelle des pièces montées : beaucoup d'ingéniosité mise au service d'un bref moment de plaisir. On les démontait une fois la fête finie. La tour Eiffel en a miraculeusement réchappé. Elle est devenue ce monument bizarre qu'on connaît tous par cœur sans que sa signification nous soit très claire, un monument qui ne raconte pas l'histoire mais le tourisme lui-même, un monument d'emblée conçu pour être touristique – comme un décor qui serait devenu la réalité, le premier indice que nos vies se passeraient désormais, pour partie, dans le cadre d'un parc d'attractions.

Mon guide m'arrache à mes rêveries.

« Celui-ci, c'était le pavillon tunisien. On l'appelait le petit Bardo, du nom du palais du Bardo, où les autorités tunisiennes avaient signé, en 1881, le traité qui faisait de la Tunisie un protectorat français. »

Je le contemple avec un peu de tristesse. Il a été ravagé par le temps, la peinture écaillée de tous côtés, les vitres brisées, s'effondrant dans lui-même. Poussant la porte d'un léger coup d'épaule en soulevant la poignée, pour éviter qu'elle ne grince, mon jeune ami me fait signe de jeter un coup d'œil à l'intérieur. J'y vois le même désastre que dans tous les lieux abandonnés de l'activité humaine : un mélange de restes de décoration qu'on reconnaît immédiatement, y compris et d'abord dans leurs fastes, et puis de décrépitude et de vandalisme, des graffitis, des déchets de squats, des bouteilles vides de bière ou de vodka, du bois de charpente à terre, en lambeaux, des sacs en plastique à moitié décomposés, si légers qu'ils s'envolent au moindre souffle, tels de petits fantômes. Sur un des murs, quelqu'un a dessiné une énorme baleine à la craie blanche.

Le paysage autour de nous est devenu une désolation douce, comme le sont les ruines que la nature à la fois protège et précipite.

Nous déambulons au milieu des monuments éventrés. Ici, un pavillon du Congo, inspiré des factoreries que les Européens construisaient là-bas et qui leur servaient tout à la fois de boutiques et d'entrepôts. Là, un pavillon malgache. Une très belle serre en pierre retient mon attention. Elle vient du Dahomey, on peut y reconnaître encore, surmontant la porte, des armoiries étranges : de gueules à un léopard passant, devant un palmier, en couleurs naturelles, au chef d'or à une étoile de sable. Excepté que là, les armes sont seulement sculptées dans la pierre grise et abîmée. La serre est à l'abandon. Des bâches vertes et bleues, sales et déchirées, en obstruent les orifices et cachent les panneaux de polystyrène qu'on avait d'abord placés là. On pourrait presque y loger. Il n'y a rien dedans sinon des herbes folles. Pourtant c'était une petite merveille, cette serre, elle était chauffée et devait servir à acclimater les plantes tropicales.

« Votre Dybowski avait de la suite dans les idées. Une partie de ces bâtiments auraient dû être détruits, il s'est employé à les faire venir dans son jardin. Il a obtenu qu'on les démonte soigneusement puis qu'on les remonte ici…

— Où ils se sont terriblement abîmés, non ?

— Oui, mais pour le coup ça n'est pas sa faute. C'est bien après sa mort que ces bâtiments ont cessé d'être entretenus. Certains provenaient de l'Exposition universelle de 1900, sur le Champ-de-Mars, d'autres de l'Exposition du Grand Palais de 1906, d'autres encore de l'Exposition coloniale de Marseille. »

Car on en a fait, des expositions coloniales : à Paris en 1889, au pied de la tour Eiffel ; à Lyon, en 1894 ; à Marseille en 1906. La même année Dybowski était membre de la commission horticole de celle du Grand Palais. Il a pas mal intrigué pour en récupérer certains bâtiments : une grande pagode chinoise, aujourd'hui disparue, et aussi une très belle « porte d'entrée de la rue d'Extrême-Orient » qui est sans doute devenue, après qu'on lui a volé toutes ses belles ornementations, l'actuelle porte chinoise, étonnamment humble et insolite, que j'ai vue en entrant.

Il s'est multiplié, Thadée. Quatre ans après avoir pris possession du jardin, il a commencé à organiser des expositions d'horticulture coloniale – et même une grande Exposition d'agriculture, à l'été 1905. Une petite ferme coloniale y avait été installée avec des bœufs porteurs du Soudan, des vaches du Fouta-Djalon, des moutons de Madagascar et même un éléphant du Gabon, âgé de quinze mois, que Thadée offre ensuite au ministre des Colonies et que le ministre des Colonies revend à son tour à un entrepreneur de spectacles.

Paris aurait pu tenir enfin sa première vraie grande Exposition coloniale – bien avant celle de 1931. Mais elle a lieu ici, à Nogent, en 1907. Thadée en est le commissaire général, comme le maréchal Lyautey sera celui de l'Exposition de 1931. Tout se passe dans son jardin, où il a donné rendez-vous à l'Empire. Si la vie de Jean Thadée Dybowski connaît un apogée, c'est maintenant.

Stèles

« Il est magnifique ! »

Après tant de monuments et d'édifices à l'abandon, la vue du *dinh* vietnamien paraît un enchantement. Ce jardin ne propose donc pas que des ruines. Une large esplanade gravillonnée comme le parvis d'un château s'ouvre devant nous. En son centre trône une espèce de marmite géante, en fait une urne tripode, en bronze, ornée d'animaux et d'entités cosmiques. Sur notre droite la cour est bordée d'une enceinte en pierre en partie recouverte de lierre. Elle est percée de portes ouvragées et de décorations du plus bel effet. Il s'agit d'un portique, constitué d'un mur et de colonnes supportant des lanterneaux en forme de pagodes miniatures. Au centre, des ornements géométriques, traditionnels ou rituels, rappellent des formes d'idéogrammes et de trigrammes de géomancie. Tout cela est sûrement plein de yin et de yang. Je suis émerveillé.

Pourtant, en m'approchant des portes qui percent le mur, je m'aperçois qu'elles n'ouvrent sur rien. Du lierre encore et des broussailles, des herbes folles, des troncs minces, un pan de mur écroulé dans les feuilles mortes et, très vite, plus rien. Le jardin lui-même semble se terminer à quelques mètres de là. Le portique n'est qu'un décor, comme une toile peinte au fond d'un théâtre, ce n'est qu'un écran qui cache l'absence de profondeur, d'espace. Évidemment, on n'est pas au Viêt Nam.

Face au portique, de l'autre côté de cette large cour, un perron de marches en pierre mène à une esplanade plantée d'herbe bien verte et bien taillée. Exactement centrée, une pagode rouge vif. Le spectacle est saisissant.

Voici donc le fameux *dinh*.

« Il est magnifique ! »

Le jeune homme me sourit fièrement. Il était sûr de son effet. Tous les promeneurs qui viennent s'égarer ici tombent en admiration devant ce bâtiment, en effet un des seuls debout et en bon état. Seulement ce n'est pas le vrai, si j'ose dire. Celui qu'on appelait la Maison des notables, qui avait été plus tard consacré aux mânes de héros morts pour la France, occupait toute la longueur de l'esplanade. Il a brûlé voilà des années. Ce n'était lui-même qu'une réplique, récupérée à Marseille par l'opiniâtre Dybowski – pour la mise en scène, comme le reste.

Le jardin était une des vitrines de l'Empire. Et l'Empire servait de vitrine au jardin qui se développait. La vérité se perdait dans ce jeu de miroirs. Ainsi, tout était à la fois faux et réel.

Devant le temple modèle réduit aux portes closes, dans lequel aucun encens ne brûle, qu'aucune cérémonie bouddhiste n'anime jamais, des plaques du souvenir, encore. Une liste de noms et de dates.

Guerre 1914-1918
Syrie 1920-1922
Maroc 1925-1926
Guerre 1939-1945
Indochine 1945-1955
Algérie 1954-1962

Mon guide s'assied par terre et pose sa sacoche devant lui. Il semble chercher quelque chose.

« Il faut s'imaginer comme Dybowski devait triompher le jour de l'inauguration de son exposition. Pourtant, il pleuvait pas mal, ça devait être assez moche. Le ministre des Colonies est arrivé dans une énorme automobile – un truc tout neuf à l'époque. D'ailleurs, il y avait une section automobile dans l'exposition de Dybowski – ou plutôt une section caoutchoutière.

— Caoutchoutière ou automobile ?

— Du point de vue colonial, c'était à peu près la même chose. Il en fallait du caoutchouc, pour les pneus des autos ! »

C'est pourtant vrai. C'était même pour cela que Conrad avait écrit *Cœur des ténèbres* : pour protester contre l'invraisemblable appareil de contraintes qui permettait de faire travailler les indigènes du Congo dans les plantations d'hévéas. À l'époque on parlait du « scandale des mains coupées ». Des images d'hommes, de femmes et d'enfants privés d'une de leurs mains, punitions pour l'exemple de ceux qui refusaient de travailler à la culture du caoutchouc, s'étalaient à la une des journaux. Bien sûr ça n'empêchait pas le ministre des Colonies de venir dans sa grosse automobile à la section caoutchoutière de l'exposition de Dybowski. Et pourquoi pas, d'ailleurs ? Quel jugement porterais-je là-dessus ? Comme si notre époque aussi n'était pas travaillée par d'épouvantables désirs contradictoires.

« Il y avait d'autres bâtiments encore, mais qui ont été détruits malgré tout. Notamment un fortin saharien…

— Et il a fait tout cela tout seul ?

— Ah non, il a su trouver des appuis. La Société française de colonisation, par exemple, qui promouvait l'œuvre coloniale française. Les chocolats Menier aussi.

— Les chocolats Menier ?

— Eux-mêmes. Les établissements Menier. Bien avant Banania, leurs publicités faisaient la part belle aux images des colonies. Ils avaient déjà participé à l'Exposition d'agriculture coloniale de 1905. Ils ont très bien pu sponsoriser le sauvetage de la serre du Dahomey, par exemple. C'était le genre de choses qui se faisaient. »

C'est le genre de choses qui se font encore, mon garçon. Si tu veux vraiment reconstruire ces bâtiments à l'identique pour en faire un parc à thème sur l'Empire, je suis sûr que tu trouveras bien une entreprise de chocolats pour t'aider. D'ailleurs, ce Menier, si je me souviens bien, il était loin de ne faire que des chocolats. Il vendait aussi des câbles télégraphiques, des téléphones et même du caoutchouc. Et il était député à l'Assemblée nationale.

*

* *

C'était le cas aussi d'un autre personnage que l'on croise ici sous les traits d'une statue moustachue, verdâtre et isolée, dissimulée sous le couvert des arbres qui l'entourent.

Eugène Étienne était français d'Algérie, ardent républicain, journaliste, député et ministre, chef du parti colonial. Le voici donc, l'homme qui était venu accueillir Thadée sur le quai de la gare d'Orléans à son retour du Tchad. Il est en pleine gloire dans ce jardin.

« Enfin, en gloire, pas tant que ça, rectifie mon guide. Si on avait voulu le mettre en gloire, on l'aurait installé au bord d'une allée ou, mieux, au croisement de deux allées. Là, franchement, on aurait cherché à le cacher qu'on ne s'y serait pas pris autrement. »

Il a l'air un peu emprunté, Eugène Étienne, seul sur son socle au milieu des arbres. On dirait qu'il attend.

« Au fond, il n'est pas aberrant que notre promenade nous ait conduits depuis votre *wall of fame* de l'Empire, sur le palais de la Porte Dorée, jusqu'à cette statue oubliée d'Eugène Étienne.

— Oui, monsieur. De même qu'il est hélas assez logique que cette statue perdue sous les arbres ne soit accompagnée d'aucun commentaire de la part des institutions publiques en charge du jardin. Comme si tout le monde savait encore qui fut Eugène Étienne. Vous êtes déjà allé à Tervuren, le musée colonial belge, à côté de Bruxelles ?

— Non. Je ne le connais pas. Je sais seulement que c'est là-bas qu'Hergé a trouvé une partie de son inspiration pour les images de *Tintin au Congo*.

— Oh ! Hergé a bien dû voir d'autres images des colonies que celles de Tervuren mais oui, c'est cela. Eh bien, il est arrivé là-bas à la statue de Léopold II une histoire qui rappelle un peu celle d'Eugène Étienne ici.

— On l'a installée à l'écart sous les arbres ?

— Presque. Léopold II était le principal responsable de la politique coloniale belge. C'est lui qui a œuvré pour que le Congo, que se disputaient toutes les grandes puissances de l'Europe, devienne belge. C'était une façon de neutraliser le cœur de l'Afrique. Enfin, pas pour les Congolais : au moment du boom du caoutchouc, c'est bien Léopold II qui a permis l'organisation du système de contraintes qui a abouti au scandale des mains coupées.

Oui, ça se passait exactement au moment de l'exposition organisée par Dybowski.

— En réalité, ça se passe encore. Dans la Belgique d'aujourd'hui, les statues de Léopold II font régulièrement l'objet d'attaques à la peinture rouge, pour dénoncer les crimes coloniaux. Eh bien, celle de Tervuren a été progressivement dégradée. Il y a quelques années, elle trônait encore en majesté, à l'entrée du musée, comme au temps de son inauguration. Maintenant, pour la voir, il faut se rendre dans une des salles du fond, où elle essaie de se faire aussi petite que possible, derrière une grande porte en bois.

— Elle finira dans la cave.

— Je ne l'espère pas, monsieur. Il ne s'agit surtout pas d'oublier tel ou tel aspect de l'histoire coloniale, voyez-vous, mais de réordonner la hiérarchie des valeurs qui l'expriment aujourd'hui. »

Nous contemplons le vieil Eugène Étienne désormais inconnu et moussu.

« Alors vous êtes d'accord avec moi, finalement ? Ce que je disais de la statue de la France coloniale, à l'entrée du jardin, et de Ground Zero ? On a raison de laisser Eugène Étienne ainsi ?

— En tout cas on a raison de le laisser ici. »

Je vois bien que l'absence de commentaires à côté de la statue l'ennuie. Il est bien historien, mon guide : ça le navre, une connaissance qui n'est pas partagée.

*

* *

À quelques dizaines de mètres de la statue verdâtre d'Eugène Étienne se dresse non pas une autre statue mais une stèle plutôt moche et qui pourrait bien passer inaperçue. Je crois que sans mon guide, je n'y aurais pas prêté attention. J'aurais sans doute cru qu'elle signalait l'emplacement de la drôle de météorite qui se trouve derrière elle, et qui n'a rien à faire là – à moins qu'elle soit vraiment tombée du ciel, à cet endroit précis je veux dire. Mais la stèle ne dit pas cela. Il s'agit d'une plaque à la mémoire de René Dumont, ingénieur agronome formé en partie ici. L'homme au pull rouge, premier candidat écologiste à l'élection présidentielle, rappelle à sa manière le jardin à ses devoirs actuels.

Car, assez bizarrement, le jardin de Nogent est aujourd'hui encore occupé par une bonne douzaine d'ONG et d'instituts de recherche. Ils sont regroupés dans un ensemble de bâtiments rénovés, plus ou moins modernes et sans style, en bordure de la prairie. À lire leurs noms sous forme de liste à l'entrée du parc on se plaît à penser que l'agronomie coloniale est devenue avec le temps tropicale – puis écologiste.

Ce sont nos enfants

On peut se promener dans le jardin de Nogent assez longtemps sans croiser personne, d'abord parce qu'il n'y a pas beaucoup de gens au courant de son existence, et parmi ceux-là pas beaucoup de promeneurs. La plupart, même lorsqu'ils finissent par y faire un tour, ignorent où ils sont. C'est dommage. Lorsque finalement nous rencontrons des gens, ils ont l'air un peu perdus. Ils cherchent un endroit pour pique-niquer et nous leur indiquons la grande prairie où trônent çà et là les étranges monolithes des monuments aux morts. Il est évidemment interdit d'y pique-niquer, comme dans tout le jardin, comme il est interdit d'y venir à vélo, d'y promener son chien, ou d'y jouer au ballon – les pictogrammes à l'entrée sont très clairs là-dessus, à croire que les jardins ne sont faits que pour les yeux. Ils sourient. Nous engageons la conversation.

Ils viennent de province. Ils sont venus visiter leurs cousins parisiens qui en fait vivent à Fontenay – lequel n'est Paris que vu de la province. Nous échangeons quelques clichés sur la capitale, qui sont peut-être vrais d'ailleurs, les clichés ne le sont qu'à force d'être répétés, pas parce qu'ils sont faux, et donc nous conversons, un peu pour ne rien dire, nous dissertons quelques minutes sur la pollution, le stress, la mendicité, les temps de transport, le prix des loyers, la foule dans le métro.

Ils paraissent gentils, ces gens. Ils sont dans la quarantaine, ils ont des enfants. On ne s'est pas présentés, évidemment, mais ils ont des têtes à s'appeler Franck ou Nathalie, j'exagère en écrivant cela, parce que je ne voudrais pas savoir de quel prénom j'ai la tête.

Et puis ça arrive, inévitablement.

Je ne sais plus si nous sommes en train de parler de la foule, de l'anonymat, du métro. Il ne le dit pas méchamment. C'est juste que ça l'a frappé, Franck, la première fois qu'il a pris le RER pour Fontenay. Il y a « beaucoup d'étrangers », à Paris. Il ne le dit pas crânement, comme un qui serait fier d'être un mal-pensant, mais il est un peu stupéfait tout de même. Dans le village d'où viennent ses parents, il y a une famille turque. Ils sont forestiers, des voisins très agréables. Mon jeune ami hoche la tête. Tout le monde marche sur des œufs.

Nous prenons le temps de nous mettre d'accord sur le fait que l'immense majorité de ces étrangers, eh bien ils sont français justement. Ils vivent à Paris parce que, lorsqu'ils sont arrivés, ou lorsque leurs grands-parents ou leurs ancêtres sont arrivés, ils n'avaient pas d'attaches en province, puisqu'ils venaient d'arriver. Alors ils se sont installés à Paris. Ou dans d'autres endroits. Là où il y avait du travail.

« Et d'ailleurs, enchaîne mon jeune guide, ce jardin où nous nous promenons, avec tous ces bâtiments – vous avez vu ? Le temple rouge, par exemple, c'est un genre de pavillon de thé qui vient du Viêt Nam. Ce jardin c'est un peu l'occasion – comment dire ? – de se replonger dans l'histoire de l'Empire colonial français. De bien mesurer aussi à quel point il englobait une grande partie du monde. En quelque sorte, c'est parce que des Français ont été là-bas que des gens de là-bas viennent ici, parce qu'ils parlent français par exemple. »

Franck est d'accord, bien sûr. De toute façon, on ne va pas se mettre à parler politique avec des inconnus, devant des enfants, dans une allée du Jardin d'agronomie tropicale du bois de Vincennes.

Tout de même, c'est plus fort que lui.

« Mais vous n'avez pas peur ? »

C'est comme ça en ce moment. La peur, ça autorise tout.

Pour un peu, on trouverait des intellectuels pour nous faire un cours de grec, niveau grands débutants, et nous expliquer qu'il est parfaitement normal d'être islamophobe, puisque c'est au nom de l'islam qu'on assassine – et que la phobie, c'est juste de la peur. Et xénophobe, puisque ce sont des étrangers ? Mais c'est quoi, des étrangers ?

Ils ont grandi ici, comme vos enfants, parfois ils ont échoué à l'école mais, parfois, ils ont fait des études. Il y en a qui ne venaient même pas de familles musulmanes, au contraire, ils s'étaient convertis sur le tard, ils étaient tombés dans le terrorisme comme dans une secte. Ça arrive, de tomber dans une secte. D'autres sont tombés dedans autrement, après avoir essayé de devenir riches par toutes sortes de trafics. Elle est terrible aussi, la tentation d'avoir une Rolex avant cinquante ans, dans un monde qui pense que c'est une façon de réussir sa vie.

Ce sont nos enfants, qui ont mal tourné. Ça, c'est l'évidence.

Le reste, c'est la peur qui nous le souffle à l'oreille.

La bibliothèque

Il faut repasser devant le Bardo, ses palmiers de dix mètres de haut et sa façade d'hôtel pour Hercule Poirot, comme sorti d'une époque sépia où tout le tour de la Méditerranée ressemblait à Nice. Le bâtiment fait un angle et file vers la droite. Il s'allonge et devient indistinct, sans style. Il borde une prairie baignée de soleil. Quelques mètres carrés plantés de fines herbes et de légumineuses mal en point, délimités par quatre piquets et une ficelle blanche, qui feraient honte à n'importe quel agriculteur, témoignent de la dernière animation à destination des écoles primaires de Nogent, pour sensibiliser les jeunes générations aux préoccupations écologiques.

Les différentes institutions de recherche, de lobbying ou de réflexion se partagent ce long corps de bâtiment qui pourrait aussi bien être une école, une caserne ou un hôpital – peut-être a-t-il été déjà un peu des trois.

Mon guide sait où il va. J'ai à peine le temps de déchiffrer les logos sur les portes qu'il les franchit d'un pas assuré. Je n'ai pas l'impression d'y lire « bibliothèque » en tout cas. Une entrée menant vers des couloirs blancs, modernes. Une autre porte. Et soudain, de nouveau un de ces télescopages dont le jardin a le secret. Nous entrons dans une vaste salle au plafond haut, où dominent des tons de bois clair et de feuillages, et une odeur de vieux papiers. Je me damnerais pour ce genre d'odeurs que, n'étant pas un spécialiste des parfums, j'aurais bien du mal à définir : sciure de bois peut-être, papier journal, pots à crayons, c'est une odeur qu'on retrouve aussi, me semble-t-il, dans les tiroirs en chêne qui ont gardé longtemps enfermé une vieille pipe ou un paquet de tabac. C'est une de mes odeurs d'enfance. Le bureau du grand-père adoré, ou l'appartement mystérieux d'un vieil oncle, célibataire et amateur de livres, sentaient ce genre de choses. Et comme dans mes souvenirs de bibliothèques, ou peut-être devrais-je dire plutôt « telle que je l'imaginais », la pièce est dans un désordre indescriptible.

S'y mélangent, jusqu'au plafond, des rayonnages de sombres reliures, des tables encombrées de documents, des plantes en pots de plusieurs mètres, aux larges feuilles luisantes, des vitrines exposant graines ou fleurs séchées, des statues de bois exotiques et des affiches entoilées et jaunies d'une autre époque. De jolies femmes en tailleur y embarquent sur des paquebots blancs comme les villes vers lesquelles ils voguent.

Il y a ici des trésors, c'est sûr. Toute la mémoire du jardin. J'avais écrit à cette bibliothèque, sans savoir la situer, pour demander de l'aide dans mes recherches, au tout début de mon projet d'écriture sur Dybowski. Un aimable conservateur m'avait envoyé par mail sa biographie succincte et des références d'articles du *Journal des voyages*. C'est d'ailleurs un des premiers rayonnages que me montre mon jeune historien. Pas mal de numéros sont là, rangés dans de grands classeurs reliés en cuir brun. Il parle comme si nous étions seuls, mon guide, et pendant un moment nous sommes seuls en effet. Il farfouille et sort du rayonnage un vieil exemplaire. Année 1907.

« Lisez, c'est presque drôle. »

Je lis :

> On a très souvent et à juste titre fait aux expositions le reproche de coûter cher pour peu de temps et de briller, mais d'un éclat fugitif. M. Dybowski, qui a recueilli pour le Jardin une bonne part des collections de Marseille, n'a fait que du durable. Ces pavillons sont là pour

toujours ; ces collections, qui ont enrichi le stock déjà solide du Jardin, resteront à la disposition du public... Il eût été vraiment regrettable que tous ces précieux documents fussent dispersés.

« Ces pavillons sont là pour toujours » : c'est presque drôle en effet. Comment pouvait-on écrire ce genre de choses ? Aujourd'hui, ils sont tout prêts à s'effondrer.

« Comment vous en êtes venu à vous intéresser à Dybowski ?

— Oh, c'est toujours un peu par hasard vous savez. Je suppose que nous sommes, nous autres écrivains, des êtres de circonstances. Nous passons notre temps à lire, à voyager, à parler de choses très savantes avec des gens comme vous, qui en savent plus long que nous, et puis parfois nous nous arrêtons, comme les chiens pour marquer la trace du gibier. Tout à coup je flaire une piste. Ça arrive comme ça.

— Alors les historiens doivent être, eux aussi, des êtres de circonstances comme vous dites. En tout cas on dit souvent que la recherche est une espèce de chasse, qui exige du flair. Moi, c'est l'histoire coloniale qui m'a amené au jardin de Nogent.

— Et l'histoire coloniale, elle vous vient d'où ? Des récits de voyages, des romans d'aventure ?

— Plutôt du roman familial. »

Il me sourit franchement, je crois que ça l'amuse de me voir essayer de réfléchir très vite.

« Laissez tomber. Je ne sais pas exactement d'où venaient mes arrière-grands-parents. Qu'ils puissent venir de là-bas, ça m'a juste donné le goût d'en savoir plus. Fin de l'histoire. »

*

* *

Pendant que nous discutions ainsi, penchés sur les reliques des vieux magazines illustrés, je n'avais pas vu s'approcher le gardien des lieux. Il apparaît comme une ombre qui se serait détachée d'un recoin d'ombre plus profonde. J'ai peine à penser qu'il était déjà présent dans la pièce lorsque nous avons pénétré dans la bibliothèque, mais il faut croire que oui. À en juger par les motifs losanges, marron et jaunes, de son chandail sans manches, sa chemise verte et son pantalon en velours, il est peut-être là depuis la fin des années soixante-dix.

Il est pâle, c'est la première chose que je remarque. Plus gris que blanc d'ailleurs, il a le teint malade ou malsain de ceux qui ne voient pas beaucoup la lumière. Il est plutôt mince, même selon des critères actuels, c'est-à-dire qu'il doit être maigre, le genre qu'on n'aime pas prendre dans ses bras, qu'on a peur de casser. Il marche comme les fantômes du théâtre japonais, comme s'il flottait à quelques centimètres du sol, sans à-coups ni sans faire de bruit. Il s'avance vers nous et il nous sourit, mais ses yeux regardent un peu en dessous de la ligne d'horizon, au niveau de ma poitrine.

Cependant, sa voix est étonnamment jeune lorsqu'il parle, un peu hésitante mais plutôt jeune et claire. Il ne nous demande pas ce qu'on fait là sur un ton de reproche, comme les employés municipaux lorsqu'on arrive à la piscine en dehors des heures d'ouverture. Au contraire il semble réellement curieux de savoir ce qui a bien pu nous pousser à franchir son seuil. C'est que, sans doute, contrairement à la piscine, il ne vient jamais personne ici.

Sur Dybowski il n'a, malheureusement, pas grand-chose à nous apprendre. De cette époque ne restent de celui-ci que les rapports qu'il a rendus en tant que directeur, archivés sans cote dans un ensemble de classeurs que probablement personne n'a jamais ouverts. Rien sur les objets de l'expédition sur les traces de Crampel. Rien sur des graines ou des curiosités glanées du temps du jardin colonial. Les cartes postales et les rubriques du *Journal des voyages* que nous avons sous les yeux, des articles et des récits, un traité de jardinage que nous connaissons déjà. « Ah ! Et puis le buste, là-bas, dans le coin près de la fenêtre », nous lâche-t-il avec un sourire enfantin et peut-être embarrassé.

Un Dybowski en bois poli couleur de miel, représenté tel que sur les photos : les sourcils froncés, le front haut, la coupe en brosse, les pommettes saillantes et la barbiche. Il a un abat-jour sur la tête. Ce qu'on appelait un abat-jour au temps de Pierre Loti, c'est-à-dire un chapeau chinois pointu, ridicule et déplacé. Pauvre Thadée.

Lorsque la discussion reprend je les laisse un peu parler, mon guide enthousiaste et le bibliothécaire farceur. Je les écoute pérorer sur l'état du jardin et les projets de rénovation qui ont toujours pris des années, des décennies. Un partenariat public-privé, actuellement à l'étude, permettrait sans doute bien des choses. Ce dont rêve le bibliothécaire, dont les yeux s'éclairent en évoquant le lustre passé du lieu, mon guide le légitime par la pédagogie. On retaperait les bâtiments. On les décorerait au besoin. On ferait intervenir des artistes. On organiserait des expositions. Ah, ils sont beaux, tous les deux ! Ils se verraient bien le directeur et le conservateur d'un grand jardin des colonies moderne, un musée de l'Empire, un parc Chocolat.

On me demande mon avis. Moi, comme disait un autre bibliothécaire, moi dans le fond *j'aimerais mieux ne pas*.

Tout y est vrai

Au fond, ça m'agace : je cherchais un modeste héros d'aventure, à même de renouveler le genre, et finalement je trouve un entrepreneur de spectacles. Un jardinier encore, ça m'allait bien. Du contraste entre les grands chemins du monde et les allées du jardin colonial, je pouvais faire quelque chose. Thadée n'aurait pas été le premier à courir la planète et à passer de guerre en guerre avant de comprendrc qu'on nc vit nulle part aussi bien que sur son petit lopin, qu'on n'y est nulle part aussi utile. Un jardinier m'aurait permis de retrouver efficacement la morale de Candide. J'aurais pu croire que, depuis Voltaire, les choses n'avaient pas tant changé que cela. Si j'avais eu des enfants moi aussi j'aurais aimé pouvoir leur dire : cultivons notre jardin. Les jardins d'essais du temps des colonies m'auraient sans doute permis de faire de cette ancienne morale quelque chose de neuf.

Mais c'était compter sans *l'entertainment*. Mon vieux Dybowski, qu'aviez-vous besoin de vous commettre là-dedans, de vous vautrer dans les loisirs et la publicité ? Je peux faire semblant de croire que c'était une ruse de flibustier, que vous aviez besoin de ce butin mal acquis pour conquérir votre indépendance, qu'au-delà du carton-pâte et des clowneries vous poursuiviez un but noble et que le jardin était le nom de ce but. Mais ce n'est pas vrai. Il n'existe pas de but indépendant des moyens qu'on utilise pour l'atteindre. Vous étiez peut-être un grand voyageur, Dybowski, un de ces aventuriers du XIXe siècle dont parlait Malraux, explorateur et meneur d'hommes, capable de rapporter deux mille deux cent quarante objets fabuleux à Paris en même temps que les crânes des trois traîtres que vous aviez fait exécuter. Vous étiez peut-être un de ces lecteurs de Jules Verne, fasciné par l'infinie diversité de la nature, soucieux de la comprendre et de lui donner un ordre, pensant sincèrement l'améliorer pour le bénéfice de l'humanité. Mais vous étiez aussi un entrepreneur de spectacles, un fils du *puff* et de la réclame, un Barnum.

Un Buffalo Bill au petit pied. L'extermination des bisons en moins, Dieu merci, je ne peux pas vous reprocher ça.

Ces couvertures des journaux illustrés de 1907, à votre apogée, laissez-moi vous dire que je ne les aime pas. Et comme vous n'êtes plus là pour que je puisse vous le dire, je vous l'écris. Et je le dis aussi à mon jeune ami, qui semble les trouver si intéressantes.

Tout à son projet de parc à thème, lui voit en vous une sorte de précurseur. Il faut toujours se méfier de quelqu'un qui vous parle d'un précurseur. Assis à une table de la bibliothèque, il pousse vers moi un exemplaire de *L'Illustration* pour que j'y lise une longue interview de vous. Vous avez joué le jeu à fond, Dybowski. Tant qu'à faire, je vous aimais mieux dans le rôle de l'exécuteur des basses œuvres de la politique coloniale, sur les routes de l'Oubangui. Non mais, écoutez-vous parler de votre spectacle au jardin colonial :

> L'exposition est essentiellement moderne et avant tout attrayante. Et c'est pour atteindre ce but qu'à côté des pavillons officiels, où, avec une rare précision et une scrupuleuse exactitude, on a dressé l'inventaire matériel des produits de chaque colonie, se groupent dans la forêt, dans des fourrés compacts, les huttes des indigènes de chacune de nos possessions d'outre-mer. Le soin apporté à la reconstitution de ces villages,

bien plus : à la présentation de scènes vraies de la vie indigène, a été poussé jusqu'aux raffinements de l'extrême coquetterie. Pas une case qui n'ait été dressée par les représentants des peuplades elles-mêmes, et cela en n'utilisant que des matériaux venus de chaque colonie. Chaque groupement constitue un village clos où les indigènes vivent de leur vie normale, allant des occupations de la vie de ménage aux soins à donner au bétail qu'ils ont avec eux importé des régions lointaines. Et tous ces indigènes sont une sélection, car l'administration coloniale s'est souciée de réunir pour chaque groupe ethnique, sous l'autorité d'un chef, des représentants de toutes les castes. Et tous ces braves gens vivent d'une vie paisible, impassibles, au milieu de la foule et des curiosités... Tout y est vrai comme tout y est précis...

Vous n'aviez pas une idée bien ambitieuse de la vérité, Dybowski.

« D'ailleurs, vous aussi qui êtes historien, vous devriez comprendre ce que je veux dire. Vous êtes historien, n'est-ce pas ? Qu'est-ce que vous recherchez dans ce passé colonial ? La vérité ? Certainement pas – ou je me trompe sur ce qu'est l'histoire. Si vous êtes historien, ce n'est pas la vérité que vous cherchez. C'est la réalité. La réalité passée.

— Si vous êtes écrivain, monsieur, vous pouvez comprendre que la vérité aussi a une histoire, une histoire bien réelle. Et que ce qui vous choque maintenant chez votre Dybowski, c'est qu'il croyait en une forme de vérité à laquelle on ne croyait pas un siècle plus tôt et à laquelle on ne croit plus aujourd'hui. D'ailleurs, c'est l'histoire de la littérature. Dybowski n'est ni votre contemporain ni le contemporain de Voltaire. Au fond, c'est lecontemporain de Zola.

— C'est n'importe quoi !

— Et pourquoi pas ? Dans le vieux naturalisme de Zola, tout n'était-il pas vrai comme tout y était précis ? Et Zola n'avait-il pas commencé dans la réclame lui aussi ? Ne savait-il pas parfaitement ce qu'était un slogan ? Comme Dybowski, lui aussi faisait des recherches minutieuses avant d'exposer au public, avec une scrupuleuse exactitude, la vie des groupes sociaux…

— Mais enfin dans des livres, dans des romans ! Il ne faisait pas s'asseoir les ouvriers en cercle dans des paysages reconstituant les faubourgs des grandes villes manufacturières !

— Et s'il l'avait fait, comme Dybowski, dans une sorte de jardin, hein ? Un jardin, disons, ouvrier ? Cela n'aurait-il pas eu un peu plus de poids ? Les spectateurs n'auraient-ils pas eu l'occasion de connaître exactement la vie misérable de certains de leurs contemporains ?

— Vous dites vraiment n'importe quoi si vous pensez que Dybowski voulait montrer la misère des peuples. Relisez son interview. Il n'est absolument pas question de ça – seulement d'exotisme, de productions agricoles, d'artisanat et de paix coloniale !

— Ah oui, mais il aurait pu faire autrement. Nous, en tout cas, nous pouvons faire autrement. Ce qui n'allait pas, dans le projet de Dybowski, ce n'étaient pas les moyens, c'était le but. Aujourd'hui, nous pourrions imaginer un spectacle qui mette en scène la réalité du passé colonial.

— La réalité ou la vérité ? Non mais vous croyez vraiment à ce que vous dites ? »

*
* *

Pour son exposition de 1907, Dybowski avait reconstitué cinq villages : un canaque, un congolais, un soudanais, un malgache, un indochinois. Tout un monde colonial en miniature. Les Canaques faisaient goûter du café. Les Congolais proposaient du chocolat. Dans le village indochinois, autour du *dinh* apporté de Marseille, on servait du thé. Dans le village malgache, un orchestre dirigé par le chef Ralalao, ancien élève et lauréat du Conservatoire de Paris, donnait un concert tous les après-midi. C'est cela qu'il veut faire, dans son parc Chocolat ?

C'était d'ailleurs déjà une sorte de partenariat public-privé et les chocolats Menier n'étaient pas les seuls dans le coup. Des directeurs de dioramas privés avaient mis en scène la ville de Djibouti et la pêche aux huîtres perlières à Tahiti. Pour un supplément modique, on pouvait avoir l'illusion d'effectuer un voyage en sampan sur la côte de l'Annam. Même le *Journal des voyages* était un sponsor. C'était lui qui avait fait venir des éléphants de l'Inde avec leurs cornacs cinghalais. C'était lui aussi qui avait financé la venue de Touareg et de leurs chameaux. Sacré partenariat public-privé : le ministère des Colonies s'était déchargé de cela auprès du *Journal*, lequel avait à son tour confié cette mission à un couple de promoteurs privés, les Gravier, Ferdinand et Marie Gravier, qui avaient déjà acheminé des Dahoméens à Chicago en 1893, des Annamites à Lyon en 1894, des Soudanais à Bordeaux en 1895, des Sénégalais à Dijon en 1898, des Zoulous à Paris en 1900. Ils avaient installé leurs Touareg à Marseille l'année précédente et se vantaient d'être les premiers à en présenter au public de Paris. Tous les jours, mesdames, mesdemoiselles, messieurs, tous les jours, vous pourrez faire avec eux, pour une somme modeste, une course de méhari. Tous les jours vous pourrez faire l'expérience que font depuis quelques années seulement, en Algérie, nos vaillantes compagnies méharistes. Pensez à la joie des enfants !

On ne faisait aucun mystère du sens à donner à tout cela. Au public, on prouvait qu'il était possible de domestiquer les éléphants de l'Inde bien plus facilement que ceux de l'Afrique. Un groupe de pression privé, mais dirigé par un parlementaire, la Société française de colonisation, entendait promouvoir ainsi l'importation de ces grosses bêtes dans l'Afrique française afin d'aider au travail industriel. On exposait des peuples récemment vaincus, Dahoméens ou Malgaches, dans une célébration de la victoire militaire qui était aussi un hommage à ces tribus fières et loyales – battues par plus forts qu'elles, certes, mais qui reconnaissaient noblement leurs défaites et s'affichaient désormais désireuses de rentrer dans la voie de la civilisation. À Nogent, on leur demandait d'exécuter aussi des fantasias et des danses guerrières, et même l'attaque du courrier postal, devenue si pittoresque maintenant que les routes de l'Empire étaient sûres. Si on avait pu, on leur aurait demandé de monter sur leurs chameaux et de jeter leurs armes aux pieds du président Fallières, comme Vercingétorix l'avait fait aux pieds de César. Mais Fallières avait autre chose à faire (Fallières qui était aussi un brave homme, au fond, et au même moment s'efforçait de présenter au Parlement un projet d'abolition de la peine de mort).

Les Touareg, c'était le frisson garanti. Ils avaient naguère massacré le capitaine Flatters et tous les hommes de la mission que celui-ci conduisait dans le Sahara, à l'époque où l'on voulait construire un chemin de fer pour relier l'Algérie au Sénégal. Et puis, ne l'oublions pas, ils avaient massacré Crampel. Je me demande bien ce que vous avez ressenti, Dybowski, en les voyant arriver dans votre jardin, conduits par le couple Gravier pour le compte du *Journal des voyages*. Parce qu'Ischekkad et ses deux compagnons que vous aviez fait exécuter sur la route de l'Oubangui, quand vous étiez explorateur, c'étaient bien des Touareg, non ?

« En tout cas, monsieur, toute la presse en parlait. Regardez : le bain des éléphants de l'Inde, la ferme soudanaise, les fantasias touareg. Tous les faits divers de l'exposition sont dans les journaux de l'époque. Un jour, on emmène à l'hôpital Saint-Antoine un méhariste qui a chuté d'un dromadaire. Un autre, on doit intervenir pour éteindre l'incendie qui s'est allumé chez les griots du village soudanais. Et puis les éléphants de l'Inde qui défoncent la barrière et filent vers Joinville. Et Ranavalona III, la jeune reine de Madagascar, déposée par les Français dix ans plus tôt, qui vient écouter la musique malgache et y retrouve plusieurs des anciens serviteurs de sa cour. Il y avait toujours de l'action dans le jardin. D'ailleurs l'exposition a dû être prolongée. »

L'exposition a eu du succès – et après ? Croit-il que le succès populaire justifie tout ? Il me montre deux articles. Le premier concerne un jeune forgeron du village soudanais, Daouda Soumbouya, qui était apparemment adoré du public de Nogent. Le second raconte brièvement l'histoire d'un certain Mohammad ben Djahalla, qui venait de Tombouctou et avait combattu aux côtés des forces japonaises contre les Russes à Port-Arthur deux ans plus tôt. Ça m'étonne un peu, ce long détour par la Mandchourie.

« Voyez-vous, monsieur, nous avons pris l'habitude de ne considérer que les aventures fabuleuses des Européens partis à la conquête du monde. C'est un tort. Moi, j'aimerais bien connaître l'histoire de ce Mohammad ben Djahalla parti de Tombouctou, passé par Port-Arthur et retrouvé à Nogent. Le journal dit qu'il a fini au dépôt après avoir dévalisé des commerçants aux alentours du jardin colonial. Vous cherchiez un vrai héros de roman d'aventure ? En voici un ! »

Il triomphe, mon guide : « Vous comprenez ce que je veux dire ? On commence par retourner la statue de la France coloniale, porte Dorée, en direction du jardin, et de la même façon on renverse la perspective sur l'histoire. On construit un parcours, vous voyez. On raconte d'autres vies que celle de votre Dybowski. Celle de ce Mohammad ben Djahalla, par exemple. Ou celle du chef d'orchestre Ralalao. »

Une côte de baleine

Nous sommes tous des écrivains.

Ça me frappe dans ce jardin qui nous désoriente. Je vois bien que, depuis Dybowski, ceux qui s'en sont occupés ont cherché à le rendre lisible. Il y a des signes un peu partout. Le jardin tente de communiquer avec les promeneurs. Mais, comme avec le temps les signes se sont ajoutés aux signes, comme le temps lui-même a fait son œuvre, on ne comprend plus très bien ce que le jardin veut nous dire. On se retrouve à devoir déchiffrer les arbres, les allées, les bâtiments, les ruines. La mairie de Paris a bien posé çà et là des petits écriteaux qui nous disent : ceci était l'emplacement d'une mosquée, ceci était le pavillon du Congo, ceci était une serre du Dahomey. Mais presque instinctivement on se méfie, comme face à un prêtre qui affirme être le seul à comprendre le sens du Livre saint.

On devient gnostique. On cherche à deviner le dieu mauvais qui nous trompe au détour de chaque bosquet. Ce dieu mauvais, c'est le temps, bien sûr, mais pas seulement.

On se prend à chercher la vérité dans les vieux journaux illustrés de la bibliothèque ou sur des cartes postales datant de la Belle Époque.

Et comme on a conscience du ridicule, on se replie sur nos sensations, sur ce qu'on éprouve soi-même en déambulant dans le jardin. Nous cherchons à nommer ce que nous ressentons, à nous raconter des histoires, nous pétrifions le sens qui nous échappe. Et le jardin nous échappe.

Il nous échappe par le lierre qui grimpe au long des murs de briques et les ronces qui font des haies impénétrables autour des vieux bâtiments, par les branches des arbres qui crèvent les toits comme du papier, par les herbes qui se nichent dans les fissures de la pierre et la font éclater en poussant, par les bambous dont le rhizome se ramifie sous nos pieds, resurgissant là où nul ne l'avait planté, vert au milieu des platanes et des érables dorés, inexorables et inlassables formes de vies minuscules. Il nous échappe et demeure un mystère dans son mélange de nature et de signes. Le jardin nous échappe.

Ça me frappe ici, mais c'est vrai ailleurs. Je me souviens de ce voyage le long des sentiers mal dessinés de la lande irlandaise, avec des amis, lorsque j'avais vingt ans. Ce qui nous semblait une aventure, dans cette pleine solitude, c'était aussi cela, notre volonté silencieuse de déchiffrement. Jünger parle quelque part de cet âge de la vie où le mystère ne peut pas prendre une autre forme que celle du blanc sur les cartes géographiques. Ce n'est que plus tard, en vieillissant, qu'on comprend quec'était une illusion et qu'on peut aller au mystère de bien des façons, pas forcément sur des landes incultes, mais aussi dans des jardins, en tout cas dans un jardin aussi déroutant que celui-ci, où les signes sont si nombreux qu'ils semblent vouloir nous tromper.

C'est comme si le jardin était tout à la fois l'île, le trésor et la carte qui y conduit.

On rajeunit, ici.

*

* *

Notre promenade s'achève. Nous retournons sur nos pas. Franck et Nathalie ont déballé des victuailles et nous font de grands signes de la main. Le bibliothécaire est assis près d'eux, l'air ravi. Nous nous apprêtons à les rejoindre quand, soudain, mon pied heurte quelque chose de dur et, cherchant à me retenir, je bats l'air des deux bras de façon ridicule avant de m'étaler.

Mon jeune ami me relève. Il n'a pas éclaté de rire et ça m'attriste plus que je ne saurais le dire. Si c'était lui qui était tombé, j'en rirais encore maintenant. Je crains que ce soit un effet de l'âge. Un vieil homme qui tombe, ça n'est pas drôle. Je ne pensais pas avoir l'air si vieux.

Je regarde le responsable de ma chute et je n'en crois pas mes yeux. C'est une côte de baleine. Je me suis étalé sur une côte de baleine !

Tout en m'époussetant mon guide poursuit sa leçon :

« Il y en avait deux autrefois. L'autre ne doit pas être très loin. Elles formaient une sorte de portique, derrière le Bardo.

— Un portique en côtes de baleine ? Mais pourquoi ?

— Bah, c'était peut-être joli.

— Mais pourquoi derrière le pavillon de la Tunisie ?

— Et pourquoi pas ?

— Mais un portique en côtes de baleine, ici, tout de même, vous interprétez ça comment ?

— Je ne l'interprète pas, monsieur. Je vous dis : c'était peut-être joli. »

L'ultime défaite du sens : c'était joli. Voilà bien ce qu'on peut dire quand on n'a plus rien à dire. Pourquoi cette plaque d'émail Banania dans ta cuisine, mon ami, achetée si cher à Vanves ? Parce que c'est joli. Pourquoi cet exemplaire du *Journal des voyages* dans ta bibliothèque ? Parce que c'est joli. Pourquoi cette statue avec un casque gaulois ? Parce que c'est joli. Pourquoi conserver ces ruines ? Parce qu'elles sont jolies.

Je ne trouve plus mes mots et cependant : une côte de baleine ! En voilà de l'aventure, non ? Ismaël, le valeureux Queequeg, Achab le blasphémateur et le pauvre Starbuck. Le *Pequod* et son équipage partis en chasse de la baleine blanche. Mon jeune guide m'avoue qu'il n'a pas lu *Moby Dick*. Ça ne m'étonne pas vraiment, même de la part de quelqu'un d'aussi cultivé. C'est hélas le genre de livres qu'on ne lit plus. Trop gros, trop savant, trop lent, saturé de références. En plus il s'agit d'y tuer des baleines.

Cependant les images de Melville traînent un peu partout : un doublon d'or cloué au grand mât, un fier sauvage demandant au charpentier du navire de lui fabriquer son cercueil, un capitaine à la recherche du monstre qui lui a arraché sa jambe, la jambe elle-même remplacée par un os de baleine. *Moby Dick* est bien présent dans notre imaginaire, mais de plus en plus à la manière d'un vieux mythe dont on ne connaît pas tous les détails et qu'on peine à interpréter.

Je me suis cassé la gueule dans le jardin à cause d'une côte de baleine !

*
* *

Melville publie *Moby Dick* en 1851, l'année de la Grande Exposition de Londres et du coup d'État de Louis-Napoléon Bonaparte, trois ans après la révolution qui avait dispersé ses perdants à travers le monde entier, jusqu'en Californie. Il n'y a peut-être pas de hasard.

Pour moi, c'est le plus grand livre, la plus belle expression de la quête de connaissance. Le cachalot de Melville, c'est l'image même du mystère et de la création, caché et mobile au fond de mers insondables. Achab se rebelle contre la condition humaine en tentant d'atteindre le plus fantastique de tous les mystères, la baleine blanche. Mais le narrateur, Ismaël, intervient sans cesse en contrepoint, variant les styles et empruntant à tous les genres, pour expliquer au lecteur que tous les cachalots sont des mystères au même titre que le plus fantastique d'entre eux – que si l'on souhaite percer le mystère du monde, on peut bien sûr avec son harpon tenter une chasse impossible, comme Achab, mais on peut aussi chercher un peu partout les signes qui révèlent, dans chaque cachalot, la vastitude infinie de la création.

Sans doute peut-on faire d'autres lectures de ce livre aussi immense que le cachalot lui-même. Peut-être que mon jeune ami y verrait d'abord l'histoire de Queequeg, harponneur et fils de roi, spectacle à lui tout seul, violent esprit de la liberté, comme un Mohammad ben Djahalla des mers du Sud. Et pourquoi pas d'ailleurs ? Je vais lui offrir *Moby Dick*. Je suis curieux de savoir ce qu'il m'en dira quand il l'aura lu.

Nom de Dieu, je me suis cassé la gueule dans le jardin à cause d'une côte de baleine !

Nos chers vivants

Franck, Nathalie et le bibliothécaire sont assis sur la prairie plantée de monolithes. Ils nous invitent à nous approcher, et lorsque nous commençons à avancer sur la pelouse pour savoir ce qu'ils veulent, les enfants viennent à notre rencontre en courant. Ils parlent avec des voix perchées et sont brusques dans leurs mouvements. Je ne sais pas si j'ai envie de faire la conversation à des enfants. On pourrait sans doute s'en tirer en prétextant qu'on a autre chose à faire. On pourrait se contenter de se faire comprendre par gestes, de loin, restant au bord de la prairie et agitant les bras en direction du bois, ou exhibant nos montres à nos poignets. Mais quand on a fait le premier pas, c'est difficile de revenir en arrière.

Le jeune historien se retourne vers moi. Je hausse les épaules. Après tout, nous sommes des êtres de circonstances.

J'avance, enchanté par le jardin de Thadée, enchanté comme sous le charme. Les maisons abandonnées, les anciennes gares, les entrepôts, les commerces vides, les ruines de nos villes de campagne me font souvent cet effet-là, les ruines ou simplement les lieux qui portent les traces les plus modestes que laissent les gens derrière eux, les lieux d'empreinte. Même les écoles élémentaires le dimanche, je trouve que c'est émouvant. Dans le fond, peut-être que je préfère imaginer les choses. Ici, c'est un lieu pour moi. Un lieu disponible, à peupler de mes « chers fantômes », comme l'écrivait Michaux en Équateur. On en est toujours là, n'est-ce pas ? N'en déplaise à mon jeune accompagnateur et à son retournement de perspective, le tableau au moins a toujours besoin d'un peintre.

Ils nous accueillent avec chaleur. Tous ces gens pleins de vie font plaisir à voir. Nous nous asseyons ensemble dans l'herbe et commençons à parler de la belle journée que nous avons tous passée là, pour des raisons différentes. Les enfants tournent autour de nous et inventent des jeux faits de courses et de rires.

Franck dit que c'était une drôle d'idée, de venir à Paris en ce moment. Il est content d'avoir pu se promener ici avec les enfants, plutôt qu'en ville. Il veut parler des attentats bien sûr. Tout le monde voudrait parler des attentats, seulement on ne sait pas trop quoi dire. Il jette des coups d'œil aux enfants. Il voudrait les tenir en dehors de tout ça mais c'est dur. À l'école, il y a déjà eu des minutes de silence et même, une fois, un exercice de confinement, comme pour les incendies. On éteint les lumières, on pousse le bureau du professeur contre la porte, on ferme les rideaux, on se couche par terre, sur le carrelage du sol, et on doit se taire en regardant les plaques de polystyrène du faux plafond, pendant une heure. On explique aux élèves que c'est pour le cas où des hommes méchants viendraient les tuer. « Vous vous rendez compte ? », dit Franck avec des yeux ronds, des sourcils froncés. Ses mains se crispent sur ses cuisses. « Vous vous rendez compte, dans quel monde on les fait vivre ? » On ne sait pas trop s'il veut dire : dans quel monde de guerre et de terreur ; ou s'il veut dire : dans quel monde dit-on à des enfants que des gens méchants veulent les tuer ? Il les regarde jouer et, comme à ce moment sa fille croise son regard, il baisse les yeux et se racle la gorge. Nathalie pose sa main sur la sienne, lui sourit. Ils nous regardent comme si nous pouvions leur dire quelque chose de rassurant. Comme si nous pouvions guérir ce monde. Alors on essaye, un peu.

Mon jeune guide se lance. Il raconte. Le jardin de Thadée. Les agronomes-explorateurs. Les pavillons fabuleux, les villages indigènes, les attractions pour les enfants, le goût de l'aventure – et aussi l'hôpital, les monuments aux morts de l'Empire, la mosquée. Il explique qu'on devrait pouvoir le refaire, ce jardin. Non pas tel qu'il était, comme un jardin colonial, mais tel qu'il pourrait être – vous voyez, hein ?

Ils ne voient pas vraiment.

Il hésite un peu : « Comme un jardin de connaissances et d'échanges. Comme un jardin d'aujourd'hui, pour construire la paix », dit-il. Et puis il ajoute, en me regardant :

« Je crois que ça ne se fera pas, mais on peut en rêver. On peut l'écrire, par exemple. Le décrire, le faire imaginer, le rendre vivant en somme. Expliquer d'où il vient. Le peupler de héros. Vous ferez cela n'est-ce pas, monsieur ? Vous le ferez pour nous, parce que vous êtes l'écrivain.

« Il faudrait aussi le décrire aujourd'hui, tel qu'il est. Il faudrait parvenir à en faire sentir la beauté un peu désuète, étrange aussi, comme actuelle. Il faudrait montrer les arbres, la nature qui, malgré tout, anime encore le lieu, l'habite. Malgré les ruines, malgré les pierres à terre, les fissures et les écroulements, malgré le lierre, il faudrait montrer cette lumière qui crée une sorte de miroitement lorsqu'elle passe à travers les bambous, cette prairie où l'herbe trop haute se couche au moindre souffle de vent, ces pins dont le sommet étiré s'étage en chevelures.

« Il faudrait que l'on sente, au-delà des statues, comment rêve la pierre à l'abri de leur ombre.

« Il faudrait raconter notre rencontre aussi. Et le faire aujourd'hui. Raconter notre époque inquiète et féconde, notre époque que rien ne laisse en repos, notre temps toujours sur le point de basculer, comme regrettant hier et impatient d'être demain. Raconter notre monde qui, avec de la bonne volonté, pourrait enfin se comprendre comme jamais le monde ne s'est compris. Raconter nos angoisses aussi – de ce qui nous arrive et de ce dont on a peur que cela arrive. Et il faudrait raconter comment, par quel heureux hasard de l'histoire ou de la promenade nous nous sommes finalement retrouvés, ici, sur cette prairie, il faudrait que l'on voie vos enfants rire et jouer. Il faudrait qu'on entende ces rires d'enfants et, dans nos conversations, même les plus graves, tout l'amour que vous leur portez, et toute la fraternité qui nous lie. Qu'on voie le bibliothécaire sortir de sa bibliothèque, armé d'une bouteille de vin, et le vieil écrivain convié à la fête. Qu'on assiste au pique-nique de gens qui ne se connaissent pas, sur cette pelouse mal tondue.

« C'est cela qu'il faudra faire.

« Car nous sommes des inconnus de passage, réunis par hasard, ici, dans le creux de notre époque.

« Le jardin conserve l'empreinte effritée, fragile, d'un passé qu'on peine à reconnaître comme le nôtre, mais ce n'est pas de sa faute. C'est nous qui sommes inquiets. C'est nous qui sommes fragiles. »

Table

Dybowski 9
Les artichauts 17
Une colère sans objet 23
Les archives du Tchad 29
Drôle d'époque 39
L'étudiant 43
La terreur 53
Le palais persistant 59
Le respect n'est pas une valeur 69
Le signe Marchand 77
État d'urgence 87
Les lacs 95
Les cabanes du sous-bois 101
Ouvertures du jardin 107
Ruines 115
La porte chinoise 121
Atmosphères 127
Mort de Dybowski 141
Le nom des morts 145
La mosquée fantôme 153

Les pièces montées 161
Stèles 169
Ce sont nos enfants 179
La bibliothèque 185
Tout y est vrai 193
Une côte de baleine 205
Nos chers vivants 213

DES MÊMES AUTEURS (Suite)

Ouvrages de Sylvain Venayre

Le Dossier Bertrand. Jeux d'histoire (en collaboration), Manuella éditions, 2008.

L'Histoire au conditionnel (avec Patrick Boucheron), Mille et une nuits, 2012.

Panorama du voyage. 1780-1920. Les Belles Lettres, 2012.

Disparu ! Enquête sur Sylvain Venayre, Les Belles Lettres, 2012.

L'île au trésor (avec Jean-Philippe Stassen), Futuropolis, 2012.

Les Origines de la France, Quand les historiens racontaient la nation, Seuil, 2013.

Une guerre au loin – Annam, 1883, Les Belles Lettres, 2016.

12267

Composition
NORD COMPO

Achevé d'imprimer en Espagne
par CPI BOOKS IBERICA
le 22 juillet 2018.

Dépôt légal : juillet 2018.
EAN 9782290150542
OTP L21EPLN002267N001

ÉDITIONS J'AI LU
87, quai Panhard-et-Levassor, 75013 Paris

Diffusion France et étranger : Flammarion